나의 작고 부드러운 세계

나의 작고 부드러운 세계

1쇄 발행 2023년 11월 30일

지은이 신아영

펴낸곳 책과이음
출판등록 2018년 1월 11일 제395-2018-000010호
대표전화 0505-099-0411 **팩스** 0505-099-0826
이메일 bookconnector@naver.com
Facebook · Blog /bookconnector
Instagram @book_connector

ⓒ 신아영, 2023

ISBN 979-11-90365-54-3 03810

본 사업은 2023년 부산광역시, 부산문화재단
〈부산문화예술지원사업〉으로 지원을 받았습니다.
책값은 뒤표지에 있습니다.
잘못 만들어진 책은 구입하신 서점에서 교환해드립니다.

책과이음 • 책과 사람을 잇습니다!

나의 작고 부드러운 세계

활자들의 마을에서 만난 사소하지만 고귀한 것들

신아영 에세이

책과이음

마지막 참하늘빛 한 조각

헝가리 작가 벨라 발라즈의 동화 《페르코의 마법 물감》은 가난
하고 외로웠던 소년 페르코의 성장에 관한 이야기이다. 엄마와
단둘이 살아가는 페르코는 어느 날 부유한 집안의 친구에게서
물감을 빌려 그림을 그려주게 되었다. 그런데 그만 페르코가 세
탁물을 배달하러 나간 사이에 파란색 물감 하나가 사라지고, 그
는 도둑으로 몰려 친구에게 괴롭힘을 당한다. 그런 페르코의 사
정을 눈치챈 학교의 수위 아저씨가 정오의 단 몇 분 동안만 꽃
을 피우는 풀밭으로 그를 데려가준다. 집으로 돌아온 페르코가
그 꽃으로 즙을 짜서 물감을 만드는데, 이전에는 한 번도 본 적
없는 아름다운 빛깔이었다. 신비한 그 꽃의 이름이 바로 '참하늘

빛'이다.

참하늘빛 물감으로 색칠을 하면 그림이 아니라 '진짜' 하늘이 나타났다. 푸르스름한 새벽하늘과 한낮의 쾌청하게 맑은 하늘, 총총한 별빛으로 가득한 밤하늘과 때때로 흐린 날의 회색빛 하늘까지. 참하늘빛은 이처럼 엇비슷해 보여도 늘 변화하고 있는 그 각각의 풍경을 있는 그대로 드러내는 신비한 물감이었다. 페르코에게 참하늘빛은 거짓말 같은 세상에서 진짜를 만들어내는 마법의 색깔이었다. 다락방에 있던 궤짝 뚜껑에 참하늘빛 하늘을 그려 넣고, 엄마의 배 속과도 같은 그 궤짝 안에 들어가 깜깜한 밤하늘의 신비를 느끼던 페르코의 모습을 보면서, 나는 오랫동안 잊고 있었던 또 다른 나를 다시 만난 것 같은 기분이 들었다.

신현이 작가의 동화《아름다운 것은 자꾸 생각나》에는 잉어와 사랑에 빠진 어느 선생님과 목소리 작은 두 여자아이가 나온다. 단짝인 친구가 아파서 결석을 한 날에 아이는 임시로 담임을 맡은 선생님에게서 아름다운 잉어에 대한 이야기를 듣게 된다. 그날 담임을 대신해서 온 선생님은 할머니처럼 나이가 많은 분이었다. 한 번도 잉어를 본 적이 없었던 아이는 아름답다는 것이 무엇일까 궁금했다. 그래서 병원을 다녀온 친구와 함께 선생님의 집을 찾아가기로 한다. 처음 보는 잉어는 생각보다 크고 활기찼다. 아름답다는 것이 무엇인지는 여전히 알 수 없었지만, 아이는 잉어를 보고 있으면 왠지 마음 가득 기쁨이 차오르는 것을 느낀다. 집으로 돌아온 뒤에도 아이의 마음에서는 낮에 본 잉어가 사라지지 않는다. 왜 계속 생각이 나는 것일까? 궁금해진 그 순간 아이는 알게 된다. "아름다운 것은 자꾸 생각나는 것이야!"

아이의 말을 들은 순간 나도 모르게 작은 탄성이 흘러나왔다. 맞아, 나에게도 그런 것들이 있었지. 알 수 없는 이유로 어느새 불쑥불쑥 떠오르는 그것들이, 자꾸 내 마음을 붙들었던 그것들이, 다 아름다운 것이었구나. 돌아보면 내 마음에서 사라지지 않고 자꾸 떠오르는 것들에는, 힘찬 물 주름을 남기는 잉어의 몸짓과도 같이 모두 활기와 생기가 흐르고 있었다. 아름다운 것들은 그렇게 은근하게 내 일상에 힘을 불어넣어주고 있었던 것이다. 나도 그 아이가 그랬던 것처럼 문득 알게 되었다. "아름다운 것은 나를 힘 나게 하는 것이다."

《페르코의 마법 물감》을 1년 만에 다시 펼쳤다. 그런데 기억하고 있었던 것과는 다른 결말을 확인하고 나는 솔직히 좀 실망하고 말았다. 페르코는 자신이 그토록 소중히 여기던 반바지를 결국 벗어버리고 말았구나⋯⋯. 페르코는 이런저런 일들을 겪으며 참하늘빛을 조금씩 잃어버리게 된다. 페르코에게 남은 것이라고는 반바지에 튀어서 한 방울의 얼룩으로 남은 참하늘빛뿐이었다. 그래서 그는 더더욱 그 바지를 벗을 수 없었다. 다른 아이들이 모두 상급생이 되어 긴바지를 입을 때에도 페르코만은 주위의 시선을 묵묵히 견뎌내며 반바지 차림을 지켜나갔다. 그러던 어느 날 페르코는 여자 친구에게서 이제 그만 반바지를 벗어달라는 간절한 부탁을 듣게 된다. 그제야 페르코는 하느님의 말씀에 순종하듯 그 주의 일요일에 영원히 반바지와 작별하고 긴바지를 입는다. 자기 바지에 묻은 참하늘빛 한 조각이, 사랑하는 여자 친구의 눈빛 속에도 깃들어 있다는 것을 깨닫게 되었기 때문이다.

페르코는 그렇게 자신의 한 시절과 작별하고 다른 세계로 건너갔다. 나는 새로운 세계로의 그 안착이 못내 서운하고 섭섭했다. 마치 친한 친구에게 믿음을 배반당한 것처럼 마음이 아렸다. 물론 언제까지 페르코가 그 반바지를 입고 살아갈 수만은 없다는 것을, 우리 모두가 그렇게 주어진 규칙들을 받아들이면서 이 사회의 일원으로 성장하게 된다는 것을 나 역시 모르지 않는다. 그럼에도 소중한 것을 지켜내기 위해 세상과 불화하던 페르코의 외로운 시간을 누구보다 마음 깊이 지지하고 응원했기에 아쉬움이 더 크게 다가왔다.

《아름다운 것은 자꾸 생각나》에서 내 마음을 흔들어놓은 것은 아름다움의 의미를 깨치는 아이들의 성장보다는, 작고 부드러운 소리를 들어내기로 결단을 내리는 선생님의 그 어떤 성장의 장면이었다. 그러니까 선생님은 어려서부터 세상 만물이 내는 속마음을 들어낼 줄 아는 남다른 사람이었다. 그 소리들의 소란스러움에 힘들어하는 그에게 외할머니는 별 모양 목걸이를 걸어주었다. 그것은 세상의 만물이 내는 소리를 차단하는 목걸이였다. 하지만 아이들의 작고 가녀린 웅얼거림에서 어떤 굳세고 생생한 힘을 느낀 선생님은 마침내 그 목걸이를 벗어버리기로 한다. 선생님은 아이들을 만나며 비로소 그 미숙한 것들의 사랑스런 소리를 들어낼 수 있는 기쁨을 알게 되었던 것이다. 그래서 목걸이를 벗어버리기로 한 선생님의 그 결정은 반바지를 벗어버리는 페르코의 그것과는 전혀 다른 결정이고 또 다른 결말이다.

페르코가 만든 물감은 그냥 하늘빛이 아니라 참하늘빛이다. 참이라는 말은 '진짜'이고 '정말'이라는 뜻이면서, '아주'나 '대단히'라는 뜻도 있다. 돌아보니, 나는 마지막 한 조각의 참하늘빛을 잃어버리지 않으려는 안간힘으로, 나만 그런 사람이 아니라는 사실을 확인하고 싶어서 애타게 무엇인가를 찾아 헤맸던 것같다. 그런 헤맴 속에서 어느 때엔 그 무엇이 이야기가 되었다가, 나무나 꽃이 되었다가, 사람이 되었다가, 노래가 되었다가,

간밤의 꿈이 되었다. 그리고 또 잉어나 소나무와 교감하는 마음이 되었다가, 아주 작은 것을 보거나 들을 줄 아는 눈과 귀가 되었다. 그렇게 내 마음을 따라가다 보면 결국은 만날 수 있었다. 작아도 힘 있는 그것들이 오랫동안 잊고 있었던 지난 시간과 나를 다시 연결해주었다. 페르코에게 참하늘빛 꽃밭을 알려주고는 홀연히 사라져버린 수위 아저씨나, 작고 어린 것들의 속삭임을 들을 줄 알았던 선생님은 세상이 그렇게 서로 연결되어 있다는 것을 누구보다 잘 아는 사람이었다.

이 책은 나도 모르게 사랑에 빠진, 그래서 내 안에 오래 머물다가 간 것들에 대한 이야기이다. 그것들은 마치 생물과도 같아서, 자기를 알아봐주고 지긋이 바라봐주면 싱그럽게 피어올라 한 편의 이야기가 되었다.

그렇게 세상 모든 것에 참하늘빛 한 조각이 생생하게 반짝인다.

PART 2 내 작은 헛간

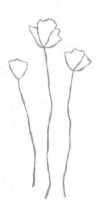

PART 1

우리들의 침대

비둘기의 꿈

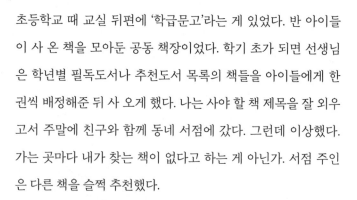

초등학교 때 교실 뒤편에 '학급문고'라는 게 있었다. 반 아이들
이 사 온 책을 모아둔 공동 책장이었다. 학기 초가 되면 선생님
은 학년별 필독도서나 추천도서 목록의 책들을 아이들에게 한
권씩 배정해준 뒤 사 오게 했다. 나는 사야 할 책 제목을 잘 외우
고서 주말에 친구와 함께 동네 서점에 갔다. 그런데 이상했다.
가는 곳마다 내가 찾는 책이 없다고 하는 게 아닌가. 서점 주인
은 다른 책을 슬쩍 추천했다.

"이 책을 사 가는 건 어때요?"

나는 완강한 태도로 말했다.

"안 돼요!"

그곳을 나와 몇 군데의 서점을 더 들렀지만 이전 서점에서와 비슷한 답을 들었다.

"학생이 말하는 그 책은 없는데, 이 책은 있어요. 혹시 이 제목은 아니고?"

그때마다 나는 한결같이 "아니에요. 갈매기가 아니라 분명 비둘기라구요!"라고 말한 뒤 책방 문을 열고 나왔다.

내가 찾던 책은 《비둘기의 꿈》이었다. 그런데 정작 서점에는 비둘기의 꿈에 관한 책은 없고 《갈매기의 꿈》만 있었다. 내 기억력에 확신을 품고 있었으므로 나는 결코 갈매기에 타협할 마음이 없었다. 발견하기 어려울수록 그 대상에 대한 애착이 증폭되듯이 비둘기를 향한 갈증도 점점 커져갔다.

여러 서점에서 허탕을 친 나는 결국 책을 사지 못한 채 등교했다. 도착하자마자 선생님에게 쪼르르 달려가 결백을 증명하는 사람처럼 말했다.

"선생님, 주말 동안 서점 여러 곳을 가봤지만 아무리 찾아도 《비둘기의 꿈》이 없었어요. 정말 몇 군데나 돌아다녔다고요. 세상에, 《갈매기의 꿈》이라는 책은 있더라고요. 갈매기는 있는데 비둘기는 왜 없는지……."

내 말을 들은 선생님은 활짝 웃음을 터뜨렸다.

"아영아, 비둘기가 아니라 갈매기야. 갈매기! 하하하하."

있지도 않은 책을 구하러 여러 책방을 전전했을 내 모습이 재미있었는지 선생님은 목젖이 보일 정도로 크게 웃으셨다. 선생님의 웃는 얼굴과 목소리가 어떤 이유인지 지금까지도 몹시 생생하다.

그랬다. 비둘기가 아니라 갈매기가 맞았다. 나는 갈매기를 비둘기라고 멋대로 착각하고서는 주말 동안 《비둘기의 꿈》을 찾아다녔던 것이다. 그런데 이상한 건, 내가 찾던 책의 정체를 알게 되었는데도 왠지 비둘기에 대한 미련이 쉬이 가시지 않았다는 거다. 나는 혼자 중얼거렸다.

"'비둘기의 꿈'이란 책은 정말 없는 걸까? 비둘기는 꿈이 없나?"

나는 《갈매기의 꿈》을 사기 위해 다시 서점을 찾았다. 전날만 해도 비둘기라는 확신을 꺾지 않았던 나는 항복하는 군인처럼 "《갈매기의 꿈》이 맞대요. 그 책 주세요"라고 말하곤 덥석 책을 구매했다. 서점 주인은 '거봐' 하는 당당한 표정이었던 것 같다. 작은 소동 뒤에 드디어 갖게 된 책의 표지에는 갈색 바탕에 갈매기 한 마리가 그려져 있었다. 2001년 청목출판사에서 출간된 책이었다.

그 책은 다음 날 학급문고로 제출되었다. 이후 교실에서 종종 누군가의 손에 들려 있거나 다른 친구의 책상 위에 놓인 책을 마주쳤는데, 그때마다 묘한 기분이 들었다. 내가 사 왔다는 주인 의식 때문인지 어딘가 애틋한 마음도 들었고, 또 주인공인 갈매기 조나단을 비둘기로 착각했던 일화도 떠올랐다. 교실 안에서 책이 아무렇게나 굴러다니는 걸 볼 때면 은근히 신경이 곤두서던 기억도 난다. 특히 책 표지에 찍힌 아이들의 손톱자국을 봤을 땐 괜히 심술이 났다. 왜 이렇게 책을 함부로 보는 거냐고!

교실 어딘가에서 《갈매기의 꿈》을 만날 때마다 여러 감정을 느꼈지만, 정작 그 책을 읽어볼 생각은 한 번도 하지 않았다. 그럼에도 책의 줄거리는 어느 정도 꿰고 있었는데, 당시에도 꽤나 고전이었던 탓에 여기저기서 귀동냥으로 듣는 일이 많았기 때문이다. 그 덕에 이런 사실을 자연스레 알 수 있었다. 이 책에는 '조나단 리빙스턴'이라는 갈매기가 나오며, 그는 다른 갈매기들과는 달리 하늘 높이 비상하고자 하는 꿈을 지녔고, 그 꿈을 이루기 위해 많은 실패를 거듭하면서도 포기하지 않고 계속 도전한다는 것. 끝끝내 자신이 목표한 바를 이룬다는 것. 그런 조나단의 모습이 많은 이들에게 귀감이 되어준다는 것까지.

대략적인 줄거리를 파악하고 있었기 때문에 《갈매기의 꿈》은 굳이 읽을 필요가 없는 책이었다. 시간이 더 지나고, 종종 이 책이 궁금해질 때가 있었지만 그때도 쉽게 손이 가진 않았다. 이제 와서 '초등 6학년 필독도서 리스트'를 읽는다는 것이 어딘가 좀 민망하면서도 시시하게 느껴져서다. 그 나이 대에 느낄 법한 감동이나 깨달음을 이제 와서 느낄 수 있을까? 그러기엔 난 너무 커버린 것이 아닐까. 이런 이유들로 이 책을 만날 기회란 좀처럼 찾아오지 않았다.

그럼에도 《갈매기의 꿈》이 '언젠가 한 번쯤 읽어보고 싶은 책 리스트'에 꿋꿋이 자리할 수 있었던 건, 책을 둘러싼 유년의 에피소드가 따스하고 재미있는 기억으로 남아 있었기 때문이다. 이 책을 읽는 일은 그때의 나와 마주하고 대화하는 일이 될 것 같았다. 그러던 어느 겨울, 막연히 품고 있던 소박한 바람이 마침내 이루어졌다. 책에 관한 글을 연재하면서 불쑥 이 책이 떠오른 것이다. 나는 지금이야말로 《갈매기의 꿈》을 만날 적절한 때라고 생각했다. 그렇게 15년 만에 비로소 이 책을 읽게 되었다. 처음 읽는데도 '다시' 읽는 느낌이 드는 건, 과거의 기억이 책의 한 부분을 차지하고 있기 때문일 것이다. 그것은 어쩌면 책의 내용보다 더 강렬한 것일지도 모른다.

이번에 읽은 《갈매기의 꿈》은 2015년 현문미디어 출판사에서 나온 개정판이었다. 표지엔 내가 처음 책을 샀던 때와 비슷하게 갈매기 한 마리가 그려져 있었지만 이제는 파란색 바탕의 훨씬 세련된 느낌으로 바뀌어 있었다.

1975년에 출간된 후 40여 개의 국어로 번역되어 무려 4,000

만 부 이상 판매된 이 책을 모르는 사람은 거의 없을 것이다. 고전의 반열에 오른 책들이 대개 그렇듯 한국에 번역된 책의 판본만큼이나 출판사와 역자도 다양하다. 내가 읽은 책의 번역가는 대학 시절 《갈매기의 꿈》을 처음 읽었다는데, 현실과 이상 사이를 고민하던 때 이 책을 만나서 더 특별한 독서가 되었다고 한다. 조나단 리빙스턴으로부터 전해 들은 '높이 나는 새가 멀리 본다'는 말에 위로받은 느낌이었다고. 이 책을 은근히 얕보고 있던 나는 대학 때 이 책을 처음 읽고 감동했다는 역자의 말에 조금 놀랐다. 역시 필독도서 리스트는 그다지 신뢰할 게 못 되는 걸까. 아니다, 그보다는 좋은 책이라면 특정 나이에만 좋을 리가 없는 것일 테다.

오랜 시간이 흘러 "지금의 내가 그 시절의 나를 만나러 가는 심정으로" 이 책을 다시 읽고 번역했다는 역자와 비슷하게, 나 역시 '지금의 내가 그 시절의 나를 만나는 기분으로' 책을 펼쳤다. 처음 읽는 책이기에 그때와 지금의 감상을 비교할 길은 없지만, 내가 생각했던 것만큼 만만하게 볼 책이 아니라는 것만은 알 수 있었다. 책은 내가 아는 줄거리를 크게 벗어나지 않았지만 그것이 전부인 것도 아니었다. 세상에 존재하는 많은 고전들이 그런 것처럼.

조나단은 스스로 자기 길을 만들어가는 갈매기다. 그는 먹이를 위한 비행이 아니라 그 너머를 꿈꾸며 더 높이 비행하고자 했고, 그 때문에 갈매기 무리로부터 배척되어 추방자 신세가 된다. 그가 하고 싶었던 일이란 단지 자신이 도전하며 알아낸 바를 나누는 것일 뿐이었는데 말이다.

나는 조나단이 배우는 데 지치지 않는 새라는 것이 마음에 들었다. 자신이 배운 것을 나누고자 하고, 어려움 속에서도 그 일을 포기하지 않는 새여서 믿음직스러웠다. 그는 배움 앞에서 겸허하고 또 성실했다. 자신의 비행 실력에 박수를 보내는 갈매기 무리 앞에서도 그는 여전히 배워야 할 것이 많다고 말할 뿐이었다. 옆에서 조나단을 지켜본 동료 갈매기는 말했다.

존. 내가 만 년간 봐온 갈매기 중에서 배우는 데 가장
두려움이 없는 갈매기는 자네야.

조나단은 자신의 한계를 잘 알았고, 그것을 부끄러워하지 않았으며, 다만 '자신의 한계를 깨려고 애쓰는 갈매기'로 살았다. 자신이 모르는 것이 얼마나 많은지 알았기에 노력하는 일을 멈추지 않았다.

살아 있는 한 언제나 배움에 열린 사람으로 살아가기를 꿈꾸는 나에게 조나단은 훌륭한 스승이자 동료였다. 배우는 것은 태

어나는 것에 속한다고 말했던 프랑스 작가 파스칼 키냐르는 "몇 살을 먹었든 간에 배우는 자의 육체는 그때 일종의 확장을 체험한다"고 했다. 그에 따르면 "무언가 다른 것에 열중하는 것, 사랑하는 것, 배우는 것, 그것은 같은 것이다". 조나단은 비행하는 법뿐 아니라 친절과 사랑에 대해서도 수련을 받았는데, 그가 사랑을 펼치는 모습은 키냐르가 한 말과 꼭 닮아 있었다.

> 외로운 과거를 보냈지만 갈매기 조나단은 타고난
> 선생이었고, 제힘으로 진실을 터득할 기회를 구하는
> 갈매기에게 그가 아는 진실을 알려주는 것이 조나단이
> 사랑을 펼치는 방식이었다.

조나단이 알게 된 진실이란, 우리 모두는 자신이 원하는 대로 자유로울 수 있는 존재라는 사실이 아닐까. 그 자유란 부단한 노력과 수련을 필요로 하는, 고단하고도 지난한 과정 끝에 얻게 되는 무엇일 것이다. 끝없이 도전하는 조나단을 보면서, 자기와 타협하지 않는 치열한 태도가 자유로운 상태에 이르게 하는 한 조건이라는 것을 알게 되었다. 또 하나, 배움을 사랑하는 일에는 자신이 배운 바를 베푸는 일까지 포함된다는 것도. 배운 걸 나누려는 마음이 곧 사랑을 베푸는 일인 것이다.

책의 마지막 장을 덮고 나니 "배우고 싶습니다. 언제 시작할 수 있습니까?"라고 묻는 조나단의 목소리가 여운처럼 남았다. 가장 잘 배우는 새, 조나단 리빙스턴. 나 역시 그가 걸어간 길을 지지하며 그 방향으로 나아가고자 하는 사람이기에, 그의 삶에 더 깊이 공명하고 감동했던 것이 아닐까 싶다.

어른이 되어 다시 만난《갈매기의 꿈》덕분에 짧고도 긴 여행을 다녀온 기분이었다. 그리고 이 책을 둘러싼 이야기가 앞으로 더 풍성해지리라는 막연한 예감이 들었다.

점심시간

어릴 때부터 학교 갈 시간이 다가오면 이상하게도 머리나 배가 자주 아팠다. 찌푸린 인상에 뚱한 표정, 칭얼대는 목소리…… 엄마는 요즘도 종종 등교를 앞둔 내 모습을 우스개 삼아 이야기한다. 나를 달래느라 엄마도 참 애썼겠구나. 그 수고로움을 짐작할 수 있는 나이가 되고서는 "그러게, 내가 왜 그랬을까" 하며 멋쩍게 웃을 때가 많지만, 마음 한구석은 사실 좀 욱신거린다. 진짜 아팠는지, 아프고 싶었는지는 정확하지 않아도 그 증상이 내 불안한 심리와 깊이 관련되어 있었다는 사실을 누구보다 잘 알고 있어서다.

나는 매일 식단표를 들여다보며 어느 날은 안심하며 등교했고, 또 어느 날은 학교까지 가는 발걸음이 천근만근 무거웠다. 당시만 해도 대부분의 선생님은 '골고루 먹는 식습관 형성'을 위해 아이들이 잔반 남기는 걸 허락하지 않았기 때문이다. 나로서는 참 난감한 일이었다. 나는 고기를 잘 먹지 못했는데, 급식에는 거의 빠지지 않고 고기가 든 음식이 나왔으니까. 내 불안의 근원은 다름 아닌 매일 반복되는 그 급식 시간에 있었던 것이다.

이런 스트레스가 처음은 아니었다. 어린이집에 다닐 때는, 억지로 먹다가 헛구역질을 하며 뱉어낸 음식을 하원 시간까지 다 먹도록 요구받은 적도 있었다. 내가 뱉어낸 음식을 다시 입에 넣고 뱉기를 반복하며 흐느끼던 그 시간은 지금까지도 잊히지 않는 아픈 기억이다. 그러니 초등학교를 입학하면서 가장 걱정한 것도 점심시간이었다. 아니나 다를까, 그곳에서도 잔반은 허락되지 않았다. 밥을 다 먹은 뒤에는 식판을 선생님께 검사받아야 했고, 통과되지 못하면 다시 자리로 돌아가 더 깨끗하게 먹어야 했다. 잔반 처리에 적극적이던 선생님들은 점심시간이 끝나가도록 식판을 붙들고 있는 아이들을 한 명 한 명 찾아가 어떻게든 남긴 음식을 먹게 했다. 옆자리에 앉아 남은 반찬을 숟가락으로 긁어모아 입에 넣어주거나 물과 함께 삼키게 하면서. 닭 껍질이나 비곗덩어리를 입에 넣고 오물거리다 도저히 안 되겠기에 물을 마시고 꿀꺽 삼키던 걸 떠올리면 지금도 구역

감이 올라온다.

더러는 학생이 다 먹을 때까지 그저 내버려두는 선생님도 있었다. 그런 경우엔 점심시간이 끝나고 오후 수업이 시작된 뒤에도 혼자 식판을 들고 외로운 사투를 벌여야 했다. 종례 시간이 다 되도록 여전히 고전 중인 아이들이 하루에 꼭 한두 명씩은 있었던 것 같다. 선생님이 강제로 잔반을 먹이는 것만큼이나, 다 먹을 때까지 내버려두는 조치도 가혹하기는 매한가지였다. 그건 당사자뿐 아니라 지켜보는 아이에게도 괴로운 일이라는 걸, 선생님들은 몰랐던 걸까. 나는 그 상황만은 모면하고 싶어서 어떻게든 점심시간 안에 급식을 다 먹으려고 노력했고, 그래도 몇 번은 5교시가 지나고서야 겨우 그 힘겨운 시간에서 벗어날 수 있었다. 반별로 급식차가 모여 있던 곳에 내 식판을 올려놓고 돌아올 때의 기분은 복잡했다. 해방감과 굴욕감, 안도감과 서러움이 동시에 느껴졌다. 그 와중에도 내게 큰 의지가 되었던 건 나보다 더 못 먹고 늦게 먹는 아이들이었다. 그 아이들 덕분에 내가 최후의 일인이 되는 상황만은 모면할 수 있었으니 말이다.

엄마는 급식 때문에 스트레스가 심한 딸을 걱정하며, 못 먹는 반찬이 있을 때면 수저통이나 락앤락 통에 살짝 넣어 오라고 일러줬다. 하지만 사방에 선생님과 아이들의 눈이 있어서 그것도 쉽지 않았다. 그래도 가끔씩은 선생님 눈을 피해 친구에게 몰래 먹어달라고 부탁하거나 선생님에게 사정사정해서 잔반 남기기에 성공한 적도 있었다. 지금도 떠오르는 건, 내가 못 먹는 음식을 같은 반 아이가 덥석 먹어준 3학년 때 일이다.

"그 대신 점심시간에 우리랑 같이 놀아야 해."

내가 못 먹는 반찬도 먹어주고, 나를 놀이에도 끼워준다니! 소심한 아이에게 그건 너무 근사한 제안이었다.

하지만 그건 특별한 하루에 불과했다. 평범한 날들을 버틸 수 있는 방법이 필요했다. 이런저런 고민 끝에 찾은 대안은 급식 당번 친구들을 내 편으로 만드는 것이었다. 나는 그 친구들에게 내가 못 먹는 반찬을 조금만 달라고 미리 부탁하기 시작했다.

"다음에 내가 당번할 때 나도 네 부탁 들어줄게."

그렇게 아이들 사이의 계약이 이루어졌고, 나는 내가 좋아하지 않는 반찬을 적게 받는 대신 내가 당번일 때는 빠르게 메인 반찬을 차지해서 아이들이 원하는 만큼 듬뿍 주었다.

고학년이 되면서부터는 다른 전략을 택했다. 모든 음식을 쥐꼬리만큼 받는 것이었다. 김치 한 조각, 당근과 양파 같은 채소한두 개, 밥과 국도 딱 한두 숟갈이면 다 먹을 만큼만 받아 와서 순식간에 식판을 비웠다. 먹는다기보다는 해치우는 행위에 더 가까웠다. 그러다 보니 6학년 때는 잔반 검사가 아니라 식사 전식판 검사를 받아야 할 때도 있었다. "가서 더 받아 와!" 하는 선생님의 불호령이 떨어지는 날이면 눈앞이 깜깜했다.

선생님의 눈을 피해 급식을 조금만 받아 오는 데 성공하는 날이면 5분도 채 안 되어 식사가 끝났다. 그런 날은 홀가분한 마음으로 여유롭게 점심시간을 누렸다. 그 넉넉했던 점심시간 가운데 한 권의 책을 만났다. 친구가 밥을 다 먹기를 기다리는 동안 학급문고에서 무심코 책을 꺼내 든 것이 시작이었다. '몇 장만 읽어볼까' 싶은 생각으로 책을 펼쳤는데, 그 뒤로는 잘 기억이 안 난다. 책을 손에서 놓을 수 없었다는 것밖에는.

5교시를 알리는 종소리가 울리고서도 교과서 아래나 무릎 위에 책을 펼쳐두고 정신없이 읽었다. 책의 마지막 장을 덮고는 탄식과 함께 먹먹하게 아려오는 감정을 주체하지 못해 잠시 멍해졌다. 책에 그다지 관심도 흥미도 없던 당시의 나에게 그건 굉장한 경험이었다. 권정생의 《몽실 언니》는 그렇게 내 삶에서 가장 강렬했던 최초의 독서 체험이 되었다.

눈물 없이는 읽을 수 없는 몽실이의 사연부터 밀양댁, 북촌댁, 정 씨 아버지, 난남이, 영순이와 영득이……. 전쟁 통에서 가난하고 힘들게 살았던 많은 이들의 삶이 한순간에 내 안으로 와르르 쏟아져 들어왔다. 몽실이가 겪은 일 중 그 어떤 것도 경험해보지 못했지만 책장을 넘기다 보면 자연스레 몽실이의 마음을 이해할 수 있었고, 그 아픔에 함께 눈물 흘릴 수 있었다. 책의 힘이었다. 내가 느낀 감정을 표출할 방법이 없어 가슴이 답답한 느낌도 처음 경험해보는 일이었다.

며칠 뒤 수업 시간에 내 안에서 꿈틀대던 생생한 감정을 글로 표현해볼 수 있는 기회가 왔다. 나는 한 자 한 자 써 내려갔다. 읽을 때만큼이나 글을 쓸 때의 몰입감도 컸다. 그 글을 발표한 뒤 선생님과 반 친구들에게 박수를 받던 순간은 지금도 눈을 감고 여러 번 재생할 수 있을 만큼 선명하다.

그 후 어른이 되어서도 몇 번《몽실 언니》를 다시 읽었지만 그때만큼의 감동을 받지는 못했다. 그날의 감동은 오직 그 순간의 것이라는 사실을 뒤늦게야 깨달았다. 어떤 사람은 말했다. 본인이 가장 부러운 사람은, 자신이 아끼는 책을 '처음' 읽는 사람이라고. 아무리 반복해서 읽어도 처음 읽을 때의 감동을 똑같이 느낄 수는 없기 때문이라는 그 말이 비로소 이해가 되었다. 여러 번 읽을 때만이 느낄 수 있는 즐거움이 있듯이, 오로지 '처음'의 순간에만 느낄 수 있는 고유한 감정도 있는 것이다.

점심시간을 향한 공포는 초등학교를 졸업하면서 끝났다. 중학교에서는 교실이 아니라 식당에서 배식을 했고, 그곳에는 더 이상 잔반을 검사하는 선생님이 없었기 때문이다. 중학교에서의 첫 급식 시간, 편안하게 식당을 걸어 나오면서 나를 괴롭히던 한 시절이 이제 끝났다는 걸 실감했다. 기분이 이상했다. 기쁜데 허무했다.

　신기한 건 나를 괴롭히던 그 시간을 떠올릴 때마다 교실 뒷 자리에서 《몽실 언니》를 정신없이 읽던 장면도 항상 같이 떠오 른다는 점이다. 그 시절이 오직 끔찍한 기억으로만 남지 않은 건 그 한가운데에서 만난 책 덕분일지도 모르겠다는 생각을 종 종 한다. 외롭고 막막한 기억만큼이나, 그걸 압도해버릴 만한 가슴 떨리는 기억이 공존할 수 있어서 다행이라고 할까. 주위 의 모든 것을 잊고 다른 세계로, 타인의 이야기로 빠져든 그 경 험은 나에게 독서에 관한 원체험이 되었고, 그 해방감과 기쁨은 이후에 내가 책을 평생 친구로 삼아 살아가게 만든 단단한 뿌리 가 되어주었다.

　그 체험은 몇 년 뒤, 또 다른 잊지 못할 독서로 이어졌다. 고 등학교 아침 독서 시간 때 '권정생'이라는 이름만 보고 덥석 집 어 든 책 《한티재 하늘》이 잠시 잊고 살던 책의 세계로 나를 다 시 이끌어준 것이다. 이 책을 처음 읽던 때의 감동 역시 오롯이 그 시절만의 것으로 생생히 남아 있다. 분들네, 조석, 귀돌이, 달 수, 분옥이, 동준이……. 백 명이 넘는 인물들의 곡절 많은 사연 하나하나가 내 가슴에 또다시 와르르 쏟아졌고, 나는 이번에도 주체하지 못할 여러 감정을 품고 어쩔 줄 몰라 했다. 가장 낮은 자리에서 살아가는 평범한 사람들의 이야기는 나에게 삶이란 무엇인지 알려주었다.

　나와 관련 없어 보이는 사람들의 이야기가 내 안에 들어왔다 나가면 신기하게도 살아갈 힘이 났다. 내 안에 쌓인 고민이나 문제들이 해결되지는 않았지만, 이상하게도 견딜 만해졌다. 삶이란 무릇 그런 것이라는 걸 그 이야기들이 알려주었기 때문인 것 같다. 무엇보다 그냥 좋았다. 책이 보여주는 그 깊고 넓은 세상이. 책을 향한, 오래도록 지치지 않을 이 사랑은 그렇게 시작되었다. 나를 그토록 힘들게 만들었던 시간 속에 지금의 나를 있게 한 씨앗이 함께 들어 있었다는 것. 그걸 떠올릴 때면 삶은 참 알 수 없고 얄궂다는 생각이 든다.

그냥 좋아할 것

한때 나는 무언가를 좋아하는 내 기호나 취향이 어딘가 잘못된 것일지 모른다는 근거 없는 불안감에 종종 시달렸다. 내 곁의 무언가는 계속 좋아해도 문제 될 게 없지만, 어떤 건 한 시절이 지나면 자연스레 작별해야 마땅하다는 생각이 나를 지배하던 때였다. 나는 연두색 뚜비 인형이나 옷 입히기 인형 놀이 스티커와는 적정한 때에 어렵지 않게 멀어졌지만, 귀여운 햄토리가 등장하던 만화책과 몇몇 동화책, 그리고 "똥그란 눈에, 하얀 작은 코"를 가진 아기곰이 노랫말로 나오는 동요는 초등학교 고학년이 되어서도 여전히 좋았다. 그 '여전히'는 그 시절 나에게 꽤 진지한 근심거리였다.

좋아하는 동요를 흥얼거리며 따라 부를 때마다 이상하게 마음 한편이 무거워지던 나는 어느 날 엄마에게 이렇게 물었다.

"엄마, 들어봐봐. 이렇게 부르는 노래인데……. 아직까지는 이 노래를 좋아해도 괜찮은지?"

그걸 묻던 날의 시공간과 풍경이 십수 년이 흐른 지금까지도 선명히 떠오르는 걸 보면, 그 시절의 고민이 결코 가볍지 않았다는 걸 느낀다. 나는 나에게 아무런 문제도 없다는 사실을 가장 가까운 사람인 엄마로부터 확인받고 싶었던 것 같다. 엄마는 내 말을 진지하게 듣고는 "그럼, 괜찮지"라고 말해주었다. 엄마의 그 대답은 어린 나를 안도하게 했지만 그럼에도 어딘가 찜찜한 기분은 그 후로도 나를 줄곧 따라다녔다. '지금까지는 괜찮았지만 앞으로는 그렇지 않을지도 몰라. 이런 책과 노래를 계속 좋아하는 건 어딘가 잘못된 걸 거야.' 당시의 나는 '자란다는 것'이란 이전에 좋아하던 것들을 떨쳐버리고 또 다른 세계로, 그렇게 내 나이에 맞는 것을 새롭게 좋아하는 일일 거라고 믿고 있었던 것이다.

유년기에 나를 지배하던 그 불안의 정체를 성인이 된 뒤에도 가끔 생각해보곤 한다. 나이가 들었다고 더 이상 좋아하면 안 되는 것들이 생겨난다는 것은 슬픈 일이다. 그때 누군가 나에게 무언가를 좋아한다는 건 그게 무엇이든 아주 기쁜 일이라고, 어떤 것이든 네가 좋아하는 것을 충분히 즐기면 된다고 이야기해 주었다면 어땠을까? 그러던 어느 날 C. S. 루이스의 산문집에서 지금의 내 생각이 틀리지 않았음을 확인시켜주는 구원 같은 글을 만났다. 그는 말했다. 우리가 성장이라고 부르는 것의 정체가 실은 변화에 더 가깝다고. 무언가를 얻는 대신 다른 무언가를 잃어야만 하는, 성장 과정에 수반되는 모종의 상실을 그는 '성장'이 아니라 '변화'라 불렀다. "물론 성장의 과정에 이런 부수적이고 불행한 상실"이 따르는 것은 사실이지만, 그에 따르면 그것은 성장의 본질이 아닐뿐더러 성장을 바람직하게 만드는 요소도 분명 아니다. '변화'란 어떤 의미에서든 이전과의 단절을 나타내지만, '성장'은 나이테처럼 덧붙여나가고 포함해나가는 것이기 때문이다. 자신이 레몬스쿼시에 대한 입맛을 잃어버린 다음에야 호크(맥주)를 좋아하게 되었다면, 자신이 소설가들을 얻기 위해 동화를 잃어야 했다면, 그것은 성장이 아니라 단순한 변화일 뿐이라는 그의 말이 나에게 엄청난 해방감으로 다가왔다. 우리가 발육부진이나 도태로 받아들이는 것들 역시 변화를 성장으로 오인하는 데서 비롯된 오류라는 그 명쾌한 지적이 후련했다.

이 글을 읽자마자 떠오른 건 어린 시절의 내 모습이었다. 달려갈 수만 있다면 그때로 돌아가 어린 나에게 "잘 들었지?"라고 말해주고 싶은 심정이었다. 더 이상 스스로를 의심하지 않아도 된다고, 안심해도 괜찮다고 말해주고 싶었다. 내가 좋아하는 세계를 한껏 지지해주고 싶었다. 무언가를 좋아하는 데 나이 따위는, 시기 따위는 아무런 문제가 되지 않는다고, 그러니 걱정을 내려놓고 그저 좋아하면 된다고.

나는 성인이 되어서 다시 어린이책의 세계에 빠졌고, 그림책과 동화와 동시와 동요를 즐기게 되었으며, 그 사실을 기쁘고 자랑스레 여긴다. 귀한 동화를 만나면 한동안 가슴에 품고 살다가 여기저기 권하기도 하고, 마음에 드는 동시를 공책에 옮겨 적어두고 그 시가 필요할 것 같은 누군가에게 전해주기도 한다. 새로 알게 된 동요를 흥얼흥얼 따라 부르거나 내 방식대로 조금씩 바꿔 불러볼 때도 있다.

가끔 훌륭한 그림책이나 동화를 읽고 나면, 어른이 되어서도 이 세계를 알고 이 좋음을 누릴 수 있다는 사실이 얼마나 다행스러운지 모른다. 나의 이런 기호는 당연하게도 내가 덜 성장했다는 증거가 아니라, 내가 다양한 것들을 편견 없이 즐길 줄 아는 사람임을 드러내는 표지일 것이다. 어린이책은 어린이만 읽는 책이 아니라 어린이들도 읽을 수 있게 쓴 책일 뿐이고, 좋은 책들은 그저 좋은 이야기를 하고 있을 뿐이니 말이다.

좋은 이야기는 언제든 문을 열어두고 독자를 환대한다. 루이스의 말대로 단지 어린 시절에만 유효한 이야기라면 그 시기에도 그다지 읽을 가치가 없는 이야기일 가능성이 높다. 그 텍스트가 자기 나이에 맞지 않게 유치하거나 빈약할 것이라는 합당하지 않은 의심과, '이 나이에 이걸 읽는 게 자연스러운가' 하는, 역시 합당하지 않은 심리적 거부감만 내려놓는다면 누구든 어렵지 않게 즐길 수 있는 것이 어린이책이라는 세계다. 그런 의미에서 나는 어린이들이 마음껏 누릴 수 있는 이야기야말로 어른들만 읽을 수 있는 이야기보다 때론 더 위대해질 수 있다고 본다.

우리는 성장 과정에서 이러저러한 이유로 많은 것들을 상실해왔다. 어른이 되는 대가로 잃어야 했던 것들을 떠올려본다. 그 속엔 잃지 않았다면 더 좋았을 것들도 두루 포함되어 있을 것이다. 하지만 책이라는 통로로 그간 잊고 지내온 세계를 자주 만나다 보면, 그 속에서 다양한 감정의 진폭을 느끼다 보면, 잃어버린 그 무언가를 조금씩 되찾게 될지도 모를 일이다. 우선은 동화를 읽으며 유년의 나와 단절되지 않은 사람으로 살아갈 수 있다는 사실이 내게는 작은 기쁨이다.

얼마 전 아이들과 남찬숙의 동화를 읽으면서는 어리고 서툴러 쉽게 상처를 주고 또 받기도 했던 어린 시절로 금세 되돌아갔다. 단지 이야기 안에 풍덩 빠졌을 뿐인데, 너무도 생생히 그

때 그 순간의 마음이 되살아나는 것이 신기했다. 그런 책을 읽을 때면 누군가의 말과 행동으로부터 생긴 내 안의 오랜 상처만큼이나, 내가 잘 모르고 부족해서 저지른 유년의 과오들이 떠올라 자주 속죄하는 심정이 된다. 부끄럽고 미안하고 아쉽고 안타까운 마음을 안고 잠시 지난 시간을 여행한다. 어딘가에 숨어 있던 기억을 끄집어내는 일이 항상 달가운 건 아니지만, 이 만남이 어떤 식으로든 나를 이전보다 조금 더 나은 사람으로 만드는 데 일조한다는 믿음은 있다. 문학에는 분명 어른이 된 내가 조금 덜 나빠지고 조금 더 섬세한 인간이 되도록 이끄는 안전장치로서의 기능이 있다고 믿는 것이다. 나는 이런 이야기들을 부지런히 읽고 지난날의 나와 마주하는 것으로 내 안의 불안을 조금씩 상쇄한다. 나도 모르는 새, 내가 결코 되고 싶지 않았던 어른으로 살아가는 건 아닐까 하는 그 오래된 불안 말이다.

우리에겐 한 마디 설교나 잠언보다, 한 편의 이야기가 더 필요한지도 모른다. 나는 우정이나 사랑을 정의하는 한 마디 말보다 한 편의 이야기를 통해 관계에 대해 천천히 들여다보고 내 나름의 생각을 덧붙여가는 과정이 더 좋다. '인생은 새옹지마'라는 말로 삶의 이치를 깨닫는 것보다는 한 편의 이야기로 단순하지 않은 삶의 진실을 만나는 편이 더 좋다. 읽는 이마다 고유한 감상과 해석을 만들어갈 수 있는 여백의 텍스트가 문학이라면, 나는 그런 이야기를 경계 없이 더 많이 만나보고 싶다. 그렇게 내 세계를 조금씩 확장해서 누군가와 더 자주 닿는다면 더없이 기쁘겠다. 오늘 아침 읽은 다니엘 페나크의 책 속 한 구절처럼, "사랑한다는 것은 결국, 우리가 좋아하는 것을 우리가 좋아하는 이와 나누는 것"이라 믿기 때문이다. 그러기 위해서 부지런히 읽고 부지런히 사랑하는 일을 오늘도 게을리할 수 없을 것 같다.

잘 잃어버리는 어른

어린 시절 나에게 학교는 늘 어려운 곳이었다. 급식판을 남김없이 비우는 일이나 친구들과 자연스레 어울리는 것도 부담스러웠지만, 무엇보다 복잡하고 커다란 그 건물이 나를 더 움츠러들게 했다. 높이가 다른 두 개의 운동장으로 연결된 건물, 여러 개의 현관과 계단과 통로. 어린 나에게 학교는 꼭 거대한 미로 같았다. 가끔가다 선생님 심부름으로 혼자 어딘가를 다녀와야 할 때면 어찌나 막막하던지. 6학년이 되어서까지 사정은 별로 달라지지 않아서, 나는 오래 다닌 학교에서 수시로 길을 잃어버리는 스스로를 한심해하거나 부끄러워하는 일이 많았다. 내 유년기의 치부라고 할 만한 게 있다면 그건 나의 길치 역사와 관계된 것일 테다.

남모를 고민을 안고 살던 그 시절의 나를 다시 마주한 건 한 편의 동화를 통해서였다. 나는 《멀쩡한 이유정》의 첫 페이지를 넘기고 얼마 지나지 않아, 낯이 뜨거워지고 코끝이 찡해지다 이내 가슴이 뛰기 시작했다. 그곳엔 유년의 나와 똑 닮은 한 아이가 나와 닮은 표정으로 서 있었다! 나는 단숨에 알아봤다. 그 아이도 나와 비슷한 과라는 걸. 하굣길마다 동생 반에 들러 동생 뒤꽁무니를 따라 귀가해야 하는 초등학생 4학년 이유정은 나보다 더한 길치였다. 매번 왼쪽과 오른쪽을 헷갈리기는 기본, 선생님 심부름을 갔다가 교실로 돌아가는 길을 잃어버리기 일쑤인 길치. 길을 헤매느라 깜깜무소식인 자신을 찾으러 온 반 친구를 보자마자 자기 약점을 들킬까 반사적으로 다리를 절던 이유정을 만난 순간, 나는 이 아이를 사랑하지 않을 수 없겠다고 생각했다. 나는 나와 닮은 아이에게 어쩔 수 없이 마음이 끌리는 사람으로 자라난 것이다.

왼쪽과 오른쪽을 외우려고 〈곰 세 마리〉 동요를 개사해 부르던 이유정처럼 나도 학교 복도와 계단을 오르내릴 때마다 통행 규칙을 자주 헷갈려 하던 학생이었다. 좌측통행과 우측통행이라는 말이 당시엔 왜 그리 생경하고 어렵게 들리던지. 등교해서 힘차게 계단의 오른쪽으로 걸어 올라가다, 나 대신 오빠가 고학년의 선도위원에게 붙잡혀 동생 좀 잘 가르치라고 훈계를 듣던 장면은 지금까지도 잊히지 않는 기억이다. 오빠는 그런 나를 부끄러운 듯 쏘아보았던 것 같다. 아니, 모르는 사람이라는 듯 외면해버렸던 것 같기도 하다. 그 장면을 떠올릴 때마다 나는 꼭 천덕꾸러기가 된 기분이다, 여전히!

이유정도 나와 같은 기분이었을까? 동화는 어느 날 이유정에게 닥친 작은 시련으로부터 시작한다. 누나와 같이 하교하는 대신 친구들이랑 놀고 싶다고 투덜대던 동생이 기어코 누나를 두고 어디론가 사라져버린 것이다. 그렇게 이유정의 '나 홀로 귀가 여정'이 펼쳐진다. 이유정은 재개발 탓에 낯설어진 동네를 이리저리 헤맨다. 조마조마한 마음으로 그 발걸음을 따라가던 나는 어느 순간부터 속으로 이렇게 외쳤다. 힘내라, 이유정! 힘내라, 이유정……. 내 마음 밑바닥에서 울컥, 하고 뜨거운 무언가가 솟아올랐다. 우리 같은 부류들에겐 필시 용기와 응원이 필요하다는 것을 나는 오래전부터 알고 있었던 것이다. 그러니 유정이를 향한 그 말은 곧 내가 나에게 하는 말이기도 했다.

이야기가 마침내 이유정이 자기 집을 무사히 찾아가는 걸로 끝났다면 지금처럼 그 여운이 깊지는 않았을 것이다. 이 동화가 더 각별해진 이유는 마지막 장면의 힘이 크다. 넓은 아파트 단지에서 길을 헤매고 있던 이유정에게 구세주처럼 나타난 학습지 선생님은 말한다.

"유정아, 잘됐다. 나 너희 집 좀 데려다 줘."
"예에?"
"아파트 단지를 십 분째 헤매고 있었거든."

　선생님에게 덜컥 손이 잡힌 유정이는 마치 운동장 한가운데에서 좌향좌를 할 때처럼 진땀이 났다. 그렇게 이야기는 끝이 난다. 짧은 순간이지만, 그때 난 내 안의 무언가가 깨끗해지는 기분 좋은 해방감을 느꼈다. 엄마의 권유로 총명탕을 먹고도 여전히 길을 헤매던 이유정이 자신과 다르지 않은 어른을 만나 일순간 '멀쩡한 이유정'이 돼버렸기 때문만은 아니었다. 자신의 약점을 들킬까 언제나 노심초사하던 유정이가 그걸 부끄럽게 여기기는커녕 도리어 당당한 어른을 만난 것이 다행스러워서만도 아니었다. 그보다 나는 선생님의 모습에서 무언가를 느꼈다. 잘은 모르겠지만 그 순간 나는 그저 자기 자신으로 살면 된다는 것을 깨달은 것 같다. '힘내'라거나 '괜찮아'라는 말보다, 그냥 자기 모습을 거리낌 없이 툭 드러내 보이는 것이 훨씬 더 큰 응원이 될 수 있다는 것을 알게 된 것이다.
　어디를 가든 곧잘 길을 잃고 울상이 되던 나는 딱 그때만큼의, 길을 잘 헤매는 엇비슷한 어른이 되었다. 그 아이는 커서도 여전히 비슷한 실수와 난관을 맞닥뜨리며 살아간다. 약속 장소나 여행지에서뿐 아니라 오래 살아온 우리 동네에서도 수시로 길을 잃는 사람으로. 서면의 지하상가를 지날 때면 마음에 드는 가게에 들어갔다가 매번 반대편으로 걸어가는 탓에 귀가 시간이 지체되는 건 물론, 스무 살이 되어 처음 홀로 떠난 일주일간의 기차여행에서는 자주 반대 방향의 버스를 타는 바람에 대학생들에게 할인해주는 기차 티켓인 '내일로 패스'의 가격만큼이나 시외 버스비를 써버리는 사람으로 말이다.

이제 문명의 힘을 빌려 지도 어플을 적극 활용하지만, 이미 열 번쯤 가본 길을 지도 없이 움직이는 건 여전히 서툴다. 지도 어플을 켜고 그 자리에서 빙글빙글 돌며 방향을 찾느라 애쓰는 사람, 날이 어두워지면 익숙한 길도 헷갈려서 진땀 흘리는 사람, 누군가 내게 길을 물어올 때면 동지를 만난 반가운 마음에 잘 알려주려고 노력하다가 결국 잘못된 정보를 알려주었다는 사실을 깨닫고는 뒤늦게 미안하고 난처해지는 사람(특정 종교를 포교하려는 목적으로 다가오는 사람들이 하나같이 길을 물어본다는 사실을 모르던 때 나는 적극적으로 길을 알려주다가……), 그 때문에 길을 돌아다닐 때면 누군가 내게 길을 묻지 않을지 종종 염려하는 사람. 난 그런 사람으로 자랐다.

이유정에게 이 사실은 그다지 위안이 되지 않을지도 모르겠다. 하지만 실망할지도 모를 그만큼, 안도와 위안을 얻게 될지 누가 아는가. 돌아보면 나만 그런 게 아니었다는 걸 알게 될 때, 나는 조금씩 용기가 생겨났던 것 같다. 정확히 언제부터인지는 모르겠지만, 내가 나를 응원하며 살게 된 팔 할의 이유 역시 내가 길치이면서 겁쟁이였기 때문이라고 믿고 있다. 그렇게 살아오며 얻은 수확이 있다면, 나와 비슷한 사람을 매의 눈으로 금세 알아보는 촉을 발달시킬 수 있었다는 거다. 나는 나와 닮은 사람을 애틋한 마음으로 응원하며 때로는 이런 과오도 저지른다. 이상한 오지랖이 발동해 자신 있게, (기어이) 잘못된 길을 알려주고 마는 것이다.

우리들의 침대

오래된 아파트에서 네 식구가 복닥거리며 살다가 2년 전 독립을 했다. 독립하기 전에는 엄마와 같은 방을 썼다. 집에서 가장 큰 방이었던 그곳엔 퀸 사이즈 침대 하나, 책장 두 개, 장롱과 화장대와 텔레비전이 있었다. 화장대와 텔레비전 때문에 엄마와 나의 방은 마치 공용 공간처럼 다른 식구들에게 자주 침범을 당하곤 했다. 아빠와 오빠는 머리를 말리거나 스킨로션을 바를 땐 꼭 화장대가 있는 이 방에 들어왔고, TV를 보고 싶을 때도 마찬가지였다. 집 구조 때문에 어쩔 수 없는 일이라고 이해하면서도 한편으로는 짜증이 났다. 누구도 우리 방에 들어오지 않고 엄마와 단둘이 있을 때라야 우리는 온전하게 각자의 시간을 누릴 수가 있었다. 나는 쌓아둔 책 속으로, 엄마는 TV 속으로. 하나의 침대에 두 세계가 펼쳐졌다. 엄마가 내 세계로 넘어온 적은 없었지만, 나는 종종 엄마의 세계로 넘어가곤 했다.

"저 사람 왜 저래?"

"지금 사기 치는 거지?"

"그래서 어떻게 됐다는 거야?"

내가 이런저런 질문을 던지면 엄마는 텔레비전에서 시선을 떼지 않은 채 핵심만 간추려 대강의 줄거리를 설명해주었다. 드라마 보는 걸 좋아하는 엄마 덕에 나는 여섯 살 때 〈보고 또 보고〉라는 연속극으로 그 세계에 입문하고는 일찍이 드라마 보는 맛을 알아갔다. 엄마는 유능한 드라마 가이드였다. 이해가 잘 되지 않을 때는 항상 엄마를 찾았다. 간단명료한 엄마의 설명을 듣고 나면 신기하리만치 쉽게 이해가 되었다. 때로는 드라마 자체보다 엄마의 입으로 전해 듣는 줄거리가 더 재미있기도 했다. 드라마에서만큼 엄마는 자신만만했다.

엄마는 또 드라마의 전개 방향을 귀신처럼 잘 맞혀서 나를 놀라게 만들었다. 누가 친모인지, 사건의 범인은 누구인지, 다음 대사는 어떻게 나올지…….

"봐라, 이제 쓰러진다."

"이제 물 뿌려야지."

"저 사람이 친모다."

엄마의 예상이 하나하나 적중하는 걸 보고 어떻게 알았냐고 물으면 엄마는 태연하게 말했다.

"내가 썼으니까 알지."

웬만한 드라마 공식을 꿰고 있는 엄마를 볼 때마다 나는 말했다.

"엄마는 진짜 드라마 박사라니까."

엄마는 드라마 못지않게 예능 프로그램도 좋아했다. 드라마 방영 시간대에는 여러 방송사를 오가며 드라마의 흐름을 놓치지 않고 챙겨 보다가, 드라마가 끝나면 종편 채널로 넘어가서 예능 프로그램을 봤다. 엄마가 특히 재미있게 챙겨 본 프로그램은 〈동치미〉다. 대개 중장년 여성 연예인들이 패널로 나와 화려한 모습에 가려졌던 평범한 이야기들을 늘어놓는 경우가 많았다. 엄마는 그들이 집안 살림이나 일상의 크고 작은 근심을 털어놓는 걸 보고서 "참, 사람 사는 게 다 똑같네"라는 이야기를 자주 했다. 엄마는 그들의 이야기에 같이 울거나 웃으면서 위안받았던 것 같다.

〈세상에 이런 일이〉나 〈동물농장〉도 엄마가 빠뜨리지 않고 챙겨 보는 프로그램 중 하나였다. 주말 아침에 잠에서 깨면 엄마는 혼자 눈물을 뚝뚝 흘리고 있던 때도 여러 번이었는데, 그럴 땐 〈동물농장〉에 슬픈 사연이 나왔을 때였다.

어느 날 엄마는 특유의 장난기 어린 표정으로 나에게 '신기한 걸 보여주겠다'고 했다. 한참 책에 빠져 있던 나는 엄마 말에 솔깃해서 "뭔데?" 하며 관심을 보였다. 엄마가 TV 채널을 열심히 돌리더니, 건강 예능 프로그램을 보여줬다.

"자, 잘 봐봐."

그러더니 다시 채널을 돌려 홈쇼핑 화면을 틀었다. 엄마 말에 따르면 건강 예능 프로그램에서 다루는 건강식품이 동시간대 다른 홈쇼핑 채널에서 늘 판매된다는 것이었다. 그때부터 우리는 건강식품이 소개될 때마다 바로 채널을 돌려 홈쇼핑 화면을 확인했다. 한 번도 우리의 예상을 빗나간 적이 없다. 그게 뭐 그리 재미있는지 우린 깔깔거리며 즐거워했다. 엄마와 나만의 소소한 놀이였다.

연속극이나 드라마라면 넋 놓고 보는 엄마 곁에서 자랐지만, 나는 그보다 책의 세계에 더 빠져들었다. 언제나 읽고 싶은 책들이 넘쳐났고, 그만큼 침대는 책들로 카오스 상태가 되었다. 엄마가 이 채널 저 채널을 활보하며 텔레비전을 보는 것처럼 나는 침대에 쌓아둔 수십 권의 책 사이를 자유로이 오가며 내 세계를 탐험했다. 텔레비전 소리가 거슬릴 때면 이어폰을 꽂고 책을 보거나 더러는 엄마에게 짜증을 내기도 했다. "엄마, 소리!"라고 외치면 엄마는 알아서 TV 볼륨을 줄여주는데, 가끔가다 내가 침대 위에서 시험공부를 할 때면 음소거에 가까운 낮은 소리로 TV를 보기도 했다. 언제나 내 상황에 맞춰주었던 엄마와 달리 나는 좀 이기적이었다. 새벽 세 시가 넘도록 불을 환히 켜놓고 책을 읽을 때도 많았고, 엄마와 같이 자는 침대에 책을 한가득 쌓아두고 지냈다. 엄마는 어질러진 책들로 등이 배기면 자다가도 자연스레 손을 휘저어 책을 옆으로 치우고는 다시 잠에 빠졌다. 그럴 때면 엄마에게 미안함을 느끼기보다는, 잠결의 그 능란한 손놀림을 바라보며 신기해했다. 철없는 딸이었다.

내가 엄마의 세계를 자주 넘나들었던 것과 달리, 엄마는 내가 보는 책들을 한 번도 궁금해하지 않았다. 엄마에게 책의 세계는 자신과 관계없는 낯설고도 먼 나라였을 것이다. 엄마는 뒤늦게야 한글을 겨우 뗐고, 그 뒤로도 글을 쓸 일이 있을 때면 맞춤법을 틀릴까 늘 걱정하던 사람이었으니까. 남들만큼 배우지 못했고, 읽고 쓰는 게 능숙하지 못해 세상의 어떤 시선들 앞에서 자주 움츠러들곤 했으니까. 엄마는 가난한 형편 탓에 제대로 된 정규교육을 받지 못했다. 초등학교에 입학은 했지만 월사금을 내지 못해 혼나고 쫓겨나기 일쑤였다. 그때마다 같이 쫓겨난 친구들이랑 학교 근처를 돌아다니며 놀았다고 했다. 외할머니가 일찍 돌아가셨고, 외할아버지는 재혼을 했지만 형편은 내내

가난했다. 결국 엄마는 타지의 친척집에 맡겨졌고, 고모 집에서 열두 살 때까지 그 집의 아기를 돌봐주면서 집안일을 했다. 열세 살 때부터 결혼하기 전까지는 섬유 공장에서 옷 만드는 일을 했으니, 엄마의 성장기에 배움의 기회라고는 없었던 셈이다.

엄마는 나와 오빠가 어린이집이나 학교에 가 있는 동안 집에서 꽤 먼 거리의 한글학교에 다녔다고 한다. 같이 공부하던 할머니들은 "새댁이 왜 이런 데를 왔냐"며 신기해하기도, 안쓰러워하기도 했단다. 그도 그럴 것이, 엄마가 자라던 때는 정규교육은 물론 대학교육까지 받은 사람들이 점점 많아지던 시기였기 때문이다. 그래서 엄마는 자신이 못 배운 사실을 더 부끄러운 일로 여겼다. 모두가 그러했던 시절이 아니어서, 그 마음을 공감해줄 이가 곁에 많지 않아서, 엄마는 언제나 그 사실을 꽁꽁 숨기고 살았다. 가족 중에서도 그 시절 이야기를 속속들이 잘 아는 건 나뿐이다. 그렇게 가난했다면서 엄마보다 몇 살 어린 막내 삼촌만큼은 고등학교까지 나왔다고 했다. 엄마와 이모들에게는 허락되지 않은 일이었다.

그런 엄마에게서 나는 많은 이야기를 듣고 자랐다. 엄마가 책을 읽어준 기억은 거의 없어도 엄마가 살아온 이야기들은 넘치도록 들었다. 그 이야기는 대개 슬펐다. 나는 엄마의 슬픔을 먹고 자란 것이다. 하지만 그 이야기에는 슬프면서도 유쾌한 데가 있었다. 무엇보다 엄마는 이야기를 재미있게, 박진감 있게 잘했다. 엄마가 아가씨일 때 집에 도둑 들었던 이야기, 어릴 때 껌하나를 벽지에 붙여놓고 동생이랑 돌아가며 오래오래 씹던 이야기, 나이 차가 많이 나는 언니들 옷과 화장품에 몰래 손을 댔다가 얻어맞은 이야기, 한겨울에 꽁꽁 언 코를 달고 동네 곳곳을 쏘다니던 이야기, 친척집에 얹혀살다가 집이 너무 그리워 한밤중에 산길로 도망갔다가 마을 어른들에게 겨우 구조된 이야기……. 엄마 이야기에는 '우리 엄마'가 되기 이전의 어린아이가, 소녀가, 아가씨가 있었고 나는 그런 이야기에서 지금과 다른 엄마를 만나는 것이 좋았다. 엄마는 그 시절 나에게 동화나 그림책보다 더 커다란 책이었다.

아픈 시어머니를 돌보고, 가족을 건사하려는 책임감만 강했던 남편을 내조하고, 나날이 자라나는 아이들을 키워내느라 엄마는 몸도 마음도 바쁘고 고되었을 것이다. 엄마의 상황을 충분히 배려하고 이해해준 적 없는 아빠 때문에 홀로 외로운 시간도 많았을 것이다. 그래도 엄마는 찌푸리고 있는 때가 거의 없었다. 내가 기억하는 엄마는 때때로 지쳐 보여도 금세 웃음과 활기를 되찾는 사람이었다. 그런 엄마 손에는 항상 리모컨이 들려 있었다. 집안일을 하면서, 밥을 지으면서도 엄마는 드라마의 흐름을 놓치지 않았고, 할 일을 끝내고서는 믹스 커피 한 잔을 타 와서 텔레비전 앞에 앉은 뒤 본격적으로 시청자 모드에 들어갔다. 심각해졌다가, 웃었다가, 눈물을 훔쳤다가, 그렇게 표정을 바꾸며 드라마에 몰입해 들어갔다. 드라마는 엄마에게 일종의 숨구멍이자 해방구였다.

내가 아는 엄마는 누구보다 이야기를 좋아하는 사람이다. 글자를 자유롭게 읽고 쓸 줄 알았다면, 드라마뿐 아니라 책이 주는 즐거움을 누구보다 탐닉했을지도 모른다. 그랬다면 모녀가 도란도란 책 이야기를 마음껏 나눌 수도 있었겠지. 가끔 그런 모습을 상상해보지만, 그건 어디까지나 상상일 뿐이다. 내가 느끼는 이 즐거움을 엄마가 알지 못해서 아쉬운 마음은 어느 순간 자연스레 잦아들었다. 엄마가 나에게 드라마를 같이 보자고 권하거나 그 재미를 알려주려고 애쓴 적 없었던 것처럼, 나 역시 그랬다. 우리는 그저 조용하게 자기 세계를 즐기며 서로의 세계도 존중해주었던 것 같다. 책이 아니면 어떤가. 엄마에게는 텔레비전이라는, 드라마라는 커다란 즐거움의 세계가 있는데. 그 안에도 수많은 이야기들이 범람하는데. 엄마는 엄마가 좋아하는 것을, 엄마만의 방식으로 즐기면 되는 것이다. 나는 엄마가 무언가에 빠져 행복해하는 그 모습이 참 좋았다. 그러고 보면 무언가를 좋아하는 그 순수한 열정만은 엄마를 많이 닮은 것 같기도 하다.

한 침대에서 엄마는 텔레비전을, 나는 책을 보던 풍경은 이제 옛 기억이 되어버렸다. 나는 이제 퀸 사이즈의 침대를 혼자 독차지하고서 이곳을 마음껏 어지르며 지낸다. 더 이상 드라마를 흘깃거리지도 않는다. 이 집에 텔레비전은 없으므로. 오롯한 나만의 시간이 행복하지만 가끔은 그립다. 고요히 자기 세계에 빠져들던 우리의 모습도, 그 침대에서 밤늦도록 나누던 우리의 대화도. 엄마와 함께 쓰던 침대를 떠나고 나서야 많은 것들을 알게 되었다. 엄마가 나를 참 많이 견뎌주었구나. 그 침대가 우리의 애틋한 추억이었구나. 내가 독립하고서 엄마는 오래된 침대를 버리고 일인용 침대를 새로 샀다. 우리의 아늑한 보금자리가 되어주었던 침대는 더 이상 그 집에 없지만, 우리가 그곳에서 보낸 시간만은 사라지지 않고 내 몸과 마음 어딘가에 남아 있는 것 같다.

남의 책이 커 보일 때

나는 타인의 책에 관심이 많다. 더 정확히는 누군가 읽고 있는 책, 읽으려는 책, 또는 그들이 빌리거나 산 책. 가족의 끼니를 책임지는 엄마의 관심사가 남의 집 식탁이나 냉장고라면, 내 관심사는 남의 집 책장 정도가 되려나. 마땅히 해 먹을 만한 게 없다며 매일 반찬거리를 걱정하는 엄마는 이웃집에 갈 일이 생기면 꼭 그 집의 찬거리나 국거리를 눈여겨보고 온다. 그리고 집에 돌아오면 항변하듯 말한다.

"다른 집도 다 똑같더라. 그게 그거지 뭐, 별다른 반찬이 없다니까."

그런 엄마와 달리 나는 남이 읽는 책이나 남이 산 책을 구경하면서 "아, 저 책 나도 읽으려고 했는데!" 또는 "저 책은 무슨 책이지?" "오, 이런 책이 있다니!" 하면서 메모하고 찾아보느라 분주해진다. 한정된 시간에 비해 읽고 싶은 책은 무한정 늘어나는 것이 고민이라면 고민인 날들을 보내는 내게 '타인의 책'이라는 영역은 즐겁고도 긴장되는 세계다. 엄마를 즐겁게 만들지 않는 것이 분명한 그 염탐이 내게는 즐거운 일이라는 점에서 우리의 고민은 겉만 닮았지 속은 많이 다르다. 물론 밥하는 일의 노고와 책 읽는 취미를 같은 선상에 놓고 말하기는 어려울 것이다.

"요새 뭐 해 먹노?"라는, 엄마가 이웃과 나누는 대화의 첫마디가 내 경우엔 "요새 뭐 읽는데?"가 될 텐데, 문제는 이 대화를 받아줄 상대가 주변에 그리 많지는 않다는 것이다. 그래서 생긴 버릇 중 하나가 낯선 타인이 읽는 책을 염탐하는 일이다. 마치 남의 떡이 더 크고 맛있어 보이는 심리처럼 나는 남이 읽는 책이 더 흥미진진하고 재미있어 보인다. 상대의 손에 들린 책이 내 관심 반경 안에 잠시라도 발을 들여놓은 적이 있는 책일 경우 관심은 더 높아진다. 당장 구해서 읽어야 할 것 같은 조바심이 드는 것이다. 그럴 땐 머지않아 책을 구해 읽는 경우가 있는가 하면, 읽을 책 리스트 순위에서 몇 단계를 껑충 뛰어오르는 것으로 마무리될 때도 있다. (책 리스트가 쌓이면 그 안에서도 우선순위가 생기기 마련이어서, 더 우선적으로 읽고픈 책들에는 ★

표시를 하거나 이모티콘 표시를 하는 탓에 내 책 리스트는 아주 알록달록하다.)

며칠 전 버스에서도 그런 경험을 했다. 버스에 올라 교통카드를 찍고 앉을 자리를 살피는데, 기이한 광경이 눈에 들어왔다. 운전석 뒤 두 번째 자리에 앉은 여자가 책을 읽고 있는 것이다! 지하철이나 기차에서는 종종 책 읽는 사람을 만나게 되지만, 버스에서는 보기 드문 모습이라 자꾸만 그쪽으로 시선이 갔다. 나도 간혹 버스에서 책을 읽을 때가 있다. 하지만 오래 읽지는 못한다. 기차나 지하철에 비해 덜컹거림이 심한 버스에서 책을 읽으면 금세 속이 메스꺼워지기 때문이다.

나는 여자가 잘 보이는 자리에 앉아서 흥미로운 마음으로 지켜봤다. 버스가 터널 안으로 들어갔다. 어둑한 버스 안에서도 열중해서 책 읽는 모습을 힐끔힐끔 쳐다보다 보니 여자가 읽는 책이 점점 더 궁금해지기 시작했다. 그때부터 내 머릿속은 온통 '그 책'에 집중되었다. 어떻게 하면 책 제목을 알 수 있지? 터널을 지나면 곧 내려야 했던 나는 급기야 머릿속으로 가상의 시나리오를 써보기까지 했다.

"저기…… 제가 다음에 내리는데, 혹시 읽고 있는 책 제목을 알 수 있을까요?"

혼자 이런 생각을 하며 피식거리는데 여자가 벨을 누르더니 자리에서 일어서는 게 아닌가! 책 외에 다른 짐이 없던 여자가 책만 챙겨서 뒷문으로 걸어오자 바짝 긴장이 되었다. 책 제목을 확인할 수 있는 절호의 기회지만 확신하기는 어려웠다. 여자가 책을 어떻게 들고 있느냐에 따라 제목을 볼 수도, 보지 못할 수도 있었다. 다행히 여자는 표지가 정면으로 보이도록 책을 끌어 안고 있었고, 나는 마침 뒷문 바로 앞 좌석에 앉아 있었기에 그녀가 들고 있던 책 제목을 제대로 볼 수 있었다. 너무 대놓고 보면 무례할 수 있으니 최대한 자연스럽게 시선 처리를 하면서 빠르게 스캔 완료.

나는 버스에서 내리는 여자에게 다가가 묻고 싶었다.

"버스에서 종종 책을 읽으시나요? 아니면 오늘의 경우가 특수한 사례에 속하나요?"

"버스에서 책 읽으면 멀미가 나진 않으세요?"

"평소 어떤 책을 즐겨 읽으시나요?"

"혹시 베스트셀러를 즐겨 읽으세요?"

여자는 가상으로 이뤄진 나의 질문을 받을 새도 없이 뒷문으로 총총 내려갔다.

검은색 표지에 주황색 영어 제목이 적힌 책 표지는 친숙했다. 읽어본 적은 없지만 표지와 책 소개 문구를 여러 번 접해서 친근한 느낌이 들었다. 여자가 달리는 버스 안에서 집중해 읽은 책은 한스 로슬링의 《팩트풀니스》였다. "전 세계 100만 부 돌파! 세계 지성계를 사로잡은 글로벌 베스트셀러 마침내 출간! 강력한 사실을 바탕으로 세상을 정확하게 바라보는 방법을 담은 혁명적 저작"으로 소개되는 책 말이다. 그간 내 관심 밖의 책이었지만 이런 상황에서 마주치니 책이 궁금해졌다. 여자가 내린 후 검색을 통해 책 내용을 훑어봤다. 그 책을 오며 가며 마주한 느낌도 그렇거니와 책 소개와 목차가 그리 내 구미를 당기지는 않았다. 솔직히 말하자면 책 제목을 마주한 순간 책에 대한 호기심이 한풀 꺾였다.

그 책은 내가 읽고 싶은 책 리스트에 올라가진 않았지만, 언젠가 읽게 된다면, 아니 읽지 않더라도 서점의 매대나 도서관 책꽂이에서 마주치게 된다면 분명 그 여자를 떠올리게 되리라. 그러다 정말로 그 책을 읽게 되는 날이 온다면, 내 예상을 뛰어넘어 그 책이 재미있기까지 하다면 나는 무릎을 치며 지난날의 내 과오를 반성할 것이 틀림없다.

가끔 이런 상상을 한다. 상대가 읽고 있는 책이 너무 멋져서, 그 사람과 친해지고 싶어지면 어떡하지? 그럴 때 그 사람과 친해지기 위해서 어떤 말로 대화를 시작하는 것이 좋을까?

'오, 근사한 책을 읽고 있군요. 저랑 친구 할래요?'

'생각할 시간이 필요하다고요? 그럼 저의 책 목록을 한번 살

펴보고 고민해주시겠어요? 제가 읽는 책 중에 당신의 호기심과 관심을 살 만한 책들이 있을지도 모르죠.'

지하철과 버스뿐 아니라 도서관에서도 나는 사람들이 읽는 책을 종종 곁눈질한다. 그곳엔 책을 구경하는 사람, 읽는 사람, 필사하는 사람, 빌리는 사람, 반납하는 사람 등 다양한 사람들이 오가기 때문에 구경거리는 더 많다. 도서관의 푹신한 소파에 앉아서는 내 책을 보는 척 옆 사람이 읽는 책을 슬쩍 살펴보고, 책을 빌리려고 줄을 서 있을 땐 앞 사람이 무인 대출기로 빌리고 반납하는 책들을 눈여겨본다. 신간 코너에서 빌릴지 말지 고민하던 책을 누군가가 꺼내서 살펴보면 갑자기 마음이 조급해지면서 "그 책 제가 빌리려던 거거든요?"라는 말을 속으로 삼킨다. 마치 옷 가게에서 내가 고민하던 옷을 누군가 걸쳐보며 살 것처럼 행동할 때 드는 조바심과 비슷하다고 할까.

여섯 명 정도가 앉을 수 있는 도서관의 큰 책상에서는 내 맞은편 사람이 읽는 책을 구경하는 재미도 쏠쏠하다. 대개는 문제집을 푸는 경우가 많지만 책을 읽고 있다면 슬슬 호기심이 발동해서 자연스럽게 고개를 움직이며 책 제목을 보려고 시도해본다. 보이지 않을 땐 포기하지만, 우연히 제목을 본 뒤 내가 전혀 모르는 분야의 책이면 궁금해져서 휴대폰으로 책 제목을 검색해보거나 책 소개를 읽는다. 음, 저 사람은 이런 책을 읽고 있구

나. 재미있을까? 그러고는 혹시 나 같은 사람이 있을 것을 염두에 두고는 내 책도 잘 보이게 올려둔다. 전 이런 책 읽고 있어요. 이런 책들을 빌릴 거고요. 물론 관심을 가지는 사람은 없는 듯하다.

내가 그런 유형의 사람이기 때문에 나는 상대의 곁눈질에 관대한 편이다. 지하철에 앉아서 책을 읽고 있으면 옆 사람이 내 책을 함께 보고 있다는 느낌이 들 때가 있는데, 그럴 땐 내 생각이 나서 웃음기 머금은 얼굴로 모른 척해준다. 한번은 너무 대놓고 내가 읽고 있던 책에 관심을 보이던 사람이 있었다. 그 모습은 흡사 내 책 속으로 빨려 들어가는 것 같았다. 알고 보니 노안이 온 어르신이 작은 글씨로 빼곡한 책이 신기해서 들여다본 것이었다. "이 작은 글씨가 보이다니…… 신기하네요. 나도 그런 시절이 있었는데." 그런 순간엔 이 취미를 편하게 즐길 날이 점점 줄어들고 있다는 생각에 마음이 더 조급해지는 것 같다.

요 며칠 사이에도 버스와 지하철에서 책을 읽었다. 한 권의 소설과 한 권의 산문집이었다. 차가 막히는 시간대라 거북이처럼 천천히 움직이는 속도 덕에 멀미 없이 집중해서 책을 읽을 수 있었다. 책장을 넘기면서 얼마 전 버스에서 마주친 책 읽는 여자를 떠올렸다. 그 여자가 읽을 다음 책은 무엇일까? 궁금해졌다.

반창고

지난 일요일은 무기력한 하루였다. 나와의 약속을 저버리는 것
으로 하루를 시작한 탓이다. 침대에서 정신없이 자다가 점심 무
렵 집에 풍기는 짜장면 냄새에 잠이 깼다. 그리고 자연스레 식
탁에 앉아 내 몫이 아닌 짜장면을 조금 덜어 먹었다. 그 행동은
너무도 자연스럽고 일사불란해서 내 이성이 그 손놀림을 제어
할 틈도 없었다. 나는 생각과 행동이 분리된 사람을 바라보듯
짜장면을 비비고 흡입하는 내 모습을 낯설게 바라봤다. 조금만
맛을 본다는 게 얼마나 힘든 일인지. 나는 간짜장 양념을 더 덜
어 와서 짜장밥까지 만들어 먹고서야 정신을 차리고 숟가락을
내려놓았다. 과연 이것이 속세의 맛이로구나, 하는 생각이 들게

할 만큼 만족스러운 식사였다. 먹는 내내 느꼈던 자책감만 빼면.

작년 9월, 건강상의 이유로 '체질식'이라는 것을 시작한 이래 내 식단은 주로 통밀밥, 두부, 버섯, 당근, 콩나물 사이를 맴도는 중이다. 간식으로는 버터와 우유와 달걀이 들어가지 않은 통밀빵과 삶은 배, 통밀 뻥튀기 정도가 전부다. 우리밀과 몇몇 뿌리채소가 주식이 되면서 내 식단은, 아니 내 일상은 이전과는 비교할 수 없을 만큼 많이 달라졌다. 시작할 때만 해도 그것이 내 삶 전체에 이토록 큰 영향을 미치리라곤 짐작하지 못했다. 좋아하는 커피도, 라면도, 김치도, 멸치육수를 낸 된장찌개와 칼국수도 더 이상 먹을 수 없다는 사실이 얼마나 아쉬운 일인지, 지인들과 식당에서 밥 한 끼 하는 사소한 일상이 불가능해진 삶이 얼마나 불편하고 또 외로운 일인지, 전에는 몰랐다.

내가 겪는 통증에 명쾌한 해답을 얻지 못한 채 여러 병원과 한의원을 전전하다가 방문하게 된 8체질 한의원이란 곳에서는 내게 그간 살아온 모든 생활 방식을 바꾸길 요구했다. 그럴 뜻이 없다면 아마 평생 치료가 되지 않을 거라는 무서운 이야기도 함께였다. 그동안 습관처럼 먹어온 진통제며 생리통 약을 포함해 모든 양약을 끊고, 내 체질을 찾아 그에 맞는 식단과 한약으로 치료해야 서서히 나아질 것이라고 했다. 당시 내겐 그 말이 무서운 동시에 한 줄기 빛처럼 다가왔다. 그땐 나을 수만 있다면 더한 것도 할 수 있다는 심정이었다. 나는 원인 모를 통증으로 5년째 고생 중이었고, 이 병을 뿌리 뽑겠다는 일념으로 다니던 대학원까지 휴학한 상태였기 때문이다.

얼굴 부위에서 시작된 통증은 시간이 지날수록 소화불량을 동반한 몸 전신의 통증으로 퍼져나갔다. 한 해 한 해 시간이 흐를수록 내 몸이 너 안 좋아진다는 게 눈에 띄게 느껴졌다. 눈과 치아의 통증이 부비동염 증세와 유사하다는 의사 소견에 따라 방사선과에서 얼굴 CT를 찍었다. 그때부터 예상되는 질병과 관계된 검사를 하나씩 해나갔지만, 검사 후에는 "이상이 없으니 근심을 내려놓으라"는 엇비슷한 답변이 돌아왔다.

검사상 문제가 발견되지 않았으니 다행이라고, 긍정적으로 생활해보라는 의사의 말은 그다지 위로가 되지 않았다. 검사 결과를 기다리며, 문제가 있어도 없어도 둘 다 걱정스럽고 막막하던 그 마음을 알아줄 이가 없어 외로웠다. 20대의 절반 이상을 아픈 상태로 지내면서 나는 자주 답답하고 무기력한 상태에 놓였고, 아플 때 쓰지 못한 에너지를 몸 컨디션이 회복되었을 때 몰아 쓰려는 마음에서 헤어 나오지 못해 점점 생활의 균형을 잃어갔다. 나는 매 순간 느끼는 몸의 통증뿐 아니라, 어떤 검사를 해봐도 뚜렷한 원인을 발견하기 힘들다는 사실에도 점점 지쳐가고 있었다.

그러던 중 지인의 추천으로 어느 체질 한의원을 방문했고, 기존과는 다른 이곳만의 치료법에 신뢰가 갔다. 나도 음식으로 인해 내 통증이 달라진다는 걸 몇 번 느낀 적이 있기에 최선을 다해 체질 치료를 받아보기로 마음먹었다. 사실상 이것 말고는 아무런 방도가 없기도 했다.

처음의 굳은 결심과 달리, 막상 체질 치료가 시작되자 수시로 마음이 흔들렸다. 좋아하는 음식을 먹는 것으로 일상의 스트레스를 해소하던 내게 음식을 조절하는 일이란 생각보다 더 어려웠기 때문이다. "아픈 게 오래된 만큼 쉽게 낫지는 않을 것"이라는 한의사의 말이 나를 더 막막하게 만들었다. 나는 체질 치료를 시작하고서 지난 반년 동안, 충동에 이끌려 먹어선 안 될 음식을 먹어버리고는 다시 후회하고 자책하는 마음으로 회개 일기를 쓰곤 했다. 그때마다 '다시'라는 말이 있어서 얼마나 다행인지 몰랐다. 오늘은 이렇게 살았지만, 내일은 다르게 살겠다는 다짐, 오늘은 먹고 말았지만 내일은 먹지 않겠다는 다짐들이 나의 하루를 빼곡하게 채웠다.

그런데 그런 다짐이 무색하게 일어나자마자 짜장면의 유혹에 넘어가고 만 것이다. 얼마 지나지 않아서 몸의 통증이 더 심해졌다. 몸도 아프고 마음은 무겁고. 오늘도 내 욕구에 굴복했구나 싶은 마음에 좀처럼 기운이 나지 않아서 침대에 벌러덩 누워

버렸다. 아무것도 하고 싶지 않은 무기력이 나를 엄습했다. 책도 눈에 잘 들어오지 않아 이 책 저 책 옮겨 다니다, 마침 도서관에서 빌린 그림책이 생각나서 다섯 권 정도를 침대로 챙겨 왔다.

침대에 데려온 책들은 사노 요코의《하지만 하지만 할머니》《세상에 태어난 아이》《산타클로스는 할머니》《좀 별난 친구》《하늘을 나는 사사》였다. 우울한 기분을 처방하기 위해 읽은 그림책들을 하나같이 좋았다. 그중에서도《세상에 태어난 아이》가 유독 마음에 깊이 다가왔다. (이 책은 이후《태어난 아이》라는 이름으로 재출간되었지만 나는 내가 처음 읽은 이 제목으로 책을 기억하게 될 것 같다.)

세상에 태어나고 싶지 않았으나 어떤 사건을 계기로 세상에 태어나고 싶어져, 마침내 세상에 태어난 아이의 이야기였다. 이리저리 돌아다니길 좋아하던 '태어나지 않은 아이'는 별과 부딪혀도 아프지 않았고, 태양 가까이 다가가도 뜨겁지 않았고, 사자가 나타나 겁을 주어도 무섭지 않았다. 모기가 물어도 가렵지 않았고, 강아지가 혀로 핥아도 간지럽지 않았고, 고소한 빵 냄새가 풍겨도 먹고 싶지 않았고, 강아지가 물어도 조금도 아프지 않았다. 세상에 태어나지 않았기 때문이다. 태어나지 않았기 때문에 세상에서 일어나는 모든 일들이 자신과는 아무 상관이 없었다.

나는 '태어나지 않은 아이'가 어딘가에 부딪혀도 아프지 않고 태양 가까이에서도 뜨겁지 않고 사자를 만나도 무섭지 않았다는 어느 대목에서부터 마음이 이상하게 벅차올랐다. 짧은 순간 무언가를 깨달은 느낌이었다. 내가 살아 있기에 느끼는 감각 때문에 괴로워하던 지난 시간이 하나둘 머릿속을 스쳐 갔다.

'태어나지 않은 아이'는 계속해서 길을 걷는다. 그런데 자신과 아무 상관 없는 것을 아무 감정 없이 지켜보던 '태어나지 않은 아이'의 마음을 움직인 것이 하나 있었다. 개에게 엉덩이를 물린 한 여자아이의 모습이었다. 그 아이를 보고 달려온 엄마는 딸을 물어버린 강아지를 막대기로 혼내주고는 딸을 꼭 안아서 위로해주었다. 그 장면이 마음을 움직인 걸까. '태어나지 않은 아이'는 그 여자아이를 따라가보기로 한다. '태어나지 않은 아이'가 도착한 곳은 그 아이의 집. 아이의 엄마는 아이를 깨끗이 씻긴 후 다친 곳에 반창고를 붙여주었다. 그 모습을 본 '태어나지 않은 아이'는 마음이 바뀌었다. 세상에 태어나고 싶어진 것이다.

'태어나지 않은 아이'는 "반, 창, 고…… 반, 창, 고!"라고 소리쳤고, 마침내 아이는 세상에 태어났다. '태어난 아이'는 태어나자마자 엄마에게 "아파!"라고 말한다. 엄마는 달려와서 '태어난 아이'를 꼭 안아주고 그 여자아이의 엄마가 그랬던 것과 꼭 같이 깨끗이 씻기고 약을 바른 다음 반창고를 붙여주었다. 이제 '태어난 아이'는 빵 냄새를 맡으면 "배고파"라고 말했고, 모기에 물리면 가려워했고, 바람이 불면 "깔깔깔" 하고 크게 웃었다. 엉덩이에 반창고를 붙인 여자아이와 만나 누구의 반창고가 더 큰지 대결하기도 했다. 밤이 되자 '태어난 아이'는 엄마에게 말했다.

"이제 나 잘래. 태어난다는 건, 참 피곤한 것 같아."

아이가 말한 그 '피곤'에는 행복이 잔뜩 묻어 있었다. 그 순간 당연한 사실을 다시 깨달았다. 살아 있기에 생생히 느낄 수 있는 그 피곤이 얼마나 귀한 것인지.

마침 그때 살짝 열어둔 창문으로 바깥 공기가 들어왔다. 봄 냄새였다. 나는 계절마다 배어 있는 고유한 냄새를 좋아하는데, 봄이 올 무렵 창밖에서 살풋 들어오는 냄새를 맡을 땐 그렇게 마음이 몽글몽글해지고 설렌다. 냄새만으로 어떤 순간들이 파노라마처럼 스쳐 지나간다. 창틈으로 들어온 신선한 봄 냄새를 맡으며 그림책을 읽고 있으니 갑자기 모든 게 새롭게 다가왔다. 통증 때문에 하루 종일 우울하던 마음이 이상한 생기로 가득 찼다.

《금강경》을 해설한 법륜 스님의 책에 이런 구절이 있다. '복'과 '재앙'을 중생의 사량 분별로는 구별하기 어렵다는 말이다.

내가 지금 원하는 대로 이루어지는 것,

내가 지금 피하고 싶은 일을 피하는 것만이 복덕이라고
믿습니다. 하지만 남이 나를 욕할 때 그게 도리어
복임을 알아야 합니다. 남이 나를 칭찬할 때
그것이 도리어 재앙이 될 수 있음을 알아야 합니다.
그것을 아는 사람은 경계에 꺼들리지 않으니
그는 마땅히 아뇩다라삼먁삼보리를 증득하게 됩니다.

나에게 통증과 함께하는 삶이란 곧 불행한 삶의 다른 이름이
었다. 그래서 나는 지금의 이 아픔이 과거에 내가 저지른 어떤
잘못에 대한 업보일 수 있겠다는 생각을 종종 했다. 더러는 운
명이나 팔자소관이라고 여기기도 했다. 그럴 때마다 무기력해
지고 힘이 빠졌다. 하지만 시간이 지날수록 조금씩 의문이 생겼
다. 아픔이 정말 재앙이기만 한가? 아픈 것은 불행한 일이고, 아
프지 않은 것은 행복한 것이라는 사고방식은 너무 단선적이고
일차원적이지 않은가? 이런 생각은 여러 사람들이 지적한 대로
지극히 건강 중심적인 발상이기도 했다.

돌아보면 나는 아프고 나서 알게 된 것이 무엇보다 많았다.
아파서 할 수 없었던 일만큼이나 아팠기 때문에 가능했던 일들
도 있었다. 무엇이 좋고 나쁘다고 단정 짓기 어려웠다. 모든 것
들은 생각하기 나름이었다.

사소하게는 건강 약자를 대하는 사람들의 태도를 유심히 관찰하면서 그와 다르지 않았던 지난날의 내 태도를 돌아보게 되었고, 타인의 아픔을 헤아리고 배려하는 사람이 무척 귀하다는 것도 알게 되었다. 무엇보다 나는 아프기 전보다 순간순간의 행복을 더 섬세하게 느끼는 때가 많아졌고, 남의 상황이나 고통도 전보다 세심하게 바라볼 줄 알게 되었다.

　그 과정에서 아주 천천히, 아픈 경험이 불행이지만은 않다는 쪽으로 생각이 변화했다. 나 같은 중생의 안목으로는 무엇이 '복'이고 '불행'인지 모르는지라 나는 그저 덜 좌절하면서 이 시기를 지나기 위해 하루하루를 애쓰는 수밖에 없었지만, 그런 시간이 쌓이자 건강할 때는 몰랐던 또 다른 세계를, 시선을 가지게 되었다.

　몸은 아프지 않을 땐 깊이 파헤쳐보지 않는 미지의 섬이었다가, 아픈 순간 낱낱이 파헤쳐지는 탐험의 대상이 된다. 우리의 삶도 다르지 않다. 《세상에 태어난 아이》는 매일 반복되는 평범하면서 위대한 일상, 그러니까 평범하기에 무엇보다 귀한 일상의 감각을 일깨워주었다. 그리고 태어나서 겪는 무수한 어려움과 고통만큼, 그 고통을 보듬어주는 손길이 우리를 살아가게 한다는 것도 다시 알려주었다.

　책을 덮은 후에 나는 '그럼에도' 세상에 태어나 참 다행이라고 생각했다. 고통을 느끼지 않는 대신에 살아 있는 순간순간의 수많은 기쁨도 반납하느니, 살아 있는 편을 택하겠다는 생각이 든 것이다.

며칠이 지나고서도 종종 이 책이 떠올랐다.

"산다는 건, 피곤한 일이야."

"그런데도 산다는 건 분명, 신비한 일이야."

나는 혼자 이렇게 중얼거렸다.

내가 사랑하는 미자 씨

책을 읽다 보면 유독 마음에 오래 머무는 인물들이 있다. 안쓰러우면서도 어딘가 사랑스러운 구석이 있는 이들을 잘 들여다보면, 나와 닮은 모습이 하나쯤은 꼭 있다. 얼마 전 동화 속에서 만난 미자도 그랬다. 미자는 사랑하는 사람과 헤어지고, 빈털터리가 되어 날품팔이로 하루하루를 겨우 살아가는 여성이다. 마음의 허기에서 비롯된 식탐을 어쩌지 못하고 아이들의 과자를 뺏어 먹으면서 미움을 사기도 하지만, 나는 왠지 그런 미자가 밉지 않고 애틋했다. 남의 잔칫집에 가서 염치없이 허겁지겁 배불리 먹고 온 날이면 뒤늦게 그런 자기의 모습이 부끄러워져 눈물을 흘리던 미자의 모습에 나도 같이 마음이 아렸다. 그러다가도 금세 해맑아지는 그 천진한 모습에 나도 모르게 따라 웃게 되었다.

무엇보다 내 마음을 아프게 한 건 미자의 골칫거리인 그 식탐이었다. 미자에게서 나를 본 듯 낯 뜨겁고 속이 상했다. 아픈 몸을 치료하기 위해 식단 조절을 하던 초창기에 나 또한 먹어도 먹어도 채워지지 않는 허기로 많이 힘들어본 경험이 있다. 충동을 이기지 못하고 먹어선 안 될 음식을 먹은 날은 후폭풍처럼 몰려오던 통증과 좌절감에 눈물을 훔치기도 했다. 그럴 때면 내 자신이 참 못나 보였다. 나에게 한없이 화가 났고, 그러다 이내 외로워졌다. 식단 조절에 어느 정도 적응이 되고서는 그 억압된 욕구를 음식의 양으로 대체하려는 또 다른 욕망과 한참을 싸워야 했다. 언제쯤 이 굴레를 벗어날 수 있을지 답답하던 무렵 이 동화를 만나서인지, 나는 자꾸 미자에게 감정이입을 하게 되었다. 하지만 나도 미자처럼 단순한 구석이 있어서 그 시간이 지나면 금세 또 밝은 모습을 되찾았다.

외로운 미자 곁에는 다행히도 마음 나눌 사람이 한 명 있다. 미자 옆방에 사는 남자아이 성지다. 부모님이 이혼한 뒤 큰아버지 집에 얹혀사는 성지는 늘 주눅이 들어 있지만, 이상하게 미자 앞에서만은 기가 살아난다. 보통의 어른과는 좀 다른 미자가 만만하고 편하기 때문이다. 미자에게만은 마음 편히 짜증도 내고 말대꾸도 하는 성지를 보고 있으면 미자를 볼 때처럼 마음이 짠했다. 성지의 짜증을 받아주는 미자가 있어서, 미자 말에 대꾸해주는 성지가 있어서 참 다행이구나. 잘 좀 지내봐. 두 사람을 향해 속으로 말했다. 마음의 허기를 안고 사는 이들이 서로 티격태격하면서도 곁을 내주고 또 기대어 살아가는 이 이야기가 나는 참 좋았다.

사실 나는 식탐뿐 아니라 스스로의 힘으로 잘 조절되지 않는 무언가로 어려움을 겪는 이들에게 자꾸 마음이 간다. 그러려고 그런 건 아닌데, 그렇게 되어버리고 마는 일들 앞에서 나도 같이 속수무책이 되어버리는 것 같다. 잔뜩 꼬여버린 성지의 마음 앞에서도 그랬다. 헤어진 엄마가 보고 싶고, 가족들과 함께 살던 때가 그리운 성지는 자신과 비슷한 처지의 미자가 어느 날 행복한 콧노래를 흥얼거리자 괜히 심술이 난다. 평소 짝사랑해오던 부식 차 장수로부터 동태 두 마리를 선물 받고 한껏 들뜬 미자가 못마땅했던 것이다. 결국 성지는 몇 마디 말로 미자의 기분을 망가뜨리고는 미자가 풀이 죽은 딱 그만큼 기분이 나아진다.

그런데 미자를 꼭 이겨먹어야겠다는 생각으로 지지 않고 싸우던 성지의 모난 마음조차 어쩐지 밉지 않았다. 누군가의 행복을 온전히 축하해주지 못한 채 조금은 심란하고 외로워져버린 그 마음을 나라고 느껴본 적이 없을까. 남의 기분을 망쳐놓은 꼭 그만큼 내 기분이 한결 나아져본 기억이 나라곤 없을까. 신기한 건 성지가 미워지지 않은 것처럼 내 안의 옹졸하고 소심한 아이도 어쩐지 미워지지 않았다는 거다.

얼마 전에 읽었던 젤랄렛딘 루미의 시 〈사랑 도살장〉에서 이런 시구가 눈에 들어왔다.

사랑 도살장에서, 그들은
약하거나 불구인 놈은 말고
가장 잘생긴 놈만 죽인다

최근에 다시 읽은 아스트리드 린드그렌의 동화《사자왕 형제의 모험》에서는 이런 문장에 밑줄을 그었다.

별로 잘생기지도 않았고, 얼굴빛은 몹시 창백하고, 다리를
절어도, 나는 네가 좋아. 만일 그렇지 않다면 이렇게까지
널 좋아하지는 않을지도 모르지.

용감한 면모 때문에 사자왕이라는 별명을 가진 형 요나탄이 병약하고 겁 많은 동생 카알에게 한 말이다. 루미의 시와 요나탄의 말을 듣고 '사랑이라는 것은 잘나고 완벽하지 않은 존재를 향하게 되어 있는 것이 아닐까' 생각했다. 이들이 말한 것처

럼 우리가 가진 허점은 곧 우리가 사랑받을 수 있는 이유가 되는 것일지도 모른다. 미자와 성지, 두 사람이 부족한 재료로 만든 동태찌개가 아주 근사한 맛을 냈던 것처럼. 또는 어둠 속에서 바라본 미자가 생각보다 더 예뻐서 순간 성지의 숨이 턱 막혀버린 것처럼, 모자란 것은 그 자체로 아주 위대한 것이 되어버리기도 한다.

이 책을 읽을 때마다 미소를 짓게 되는 장면은 두 사람이 티격태격하며 동태찌개를 만드는 부분이다. 가난한 미자 집에 있는 거라곤 쌀뜨물과 몇 가지 양념들뿐. 그 소박한 재료를 보고는 맛있는 동태찌개를 먹지 못할까 봐 요리하는 내내 미자를 채근하던 성지였다. 그런 성지를 달래듯 미자는 말했다. "아니야. 맛이 있긴 있어. 많지 않아서 그렇지 보통은 돼." 하지만 성지 생각은 다르다. "아, 아줌마 보통은 보통이 아니라니까." 이어지는 미자의 말.

"있잖아 성지야, 내 보통이 보통이 안 된다고 생각하면
어떻게 되게?"
"몰라."
"그렇게 생각하면…… 불행해져."

저 말을 하는 미자가 순간 다른 사람처럼 낯설게 다가왔다. 성지도 애들 과자 뺏어 먹는 '미자 아줌마'랑 마음을 꿰뚫은 '어른 미자'가 영 다른 사람인 것 같아 당황한다. 하지만 그것도 잠시, 미자는 금방 우리가 아는 친숙한 모습으로 돌아온다.

나는 그런 미자가 좋았다. 내가 동경하는 사람도 바로 그런 사람이다. 아주아주 평범하다가, 찰나의 순간 반짝이는 모습을 살짝 보여주는 사람. 시종일관 멋있고 용감한 그런 사람 말고, 가끔씩만 비범한 모습으로 나타나는 사람. 나에겐 그게 더 진실 같고, 그게 조금 더 희망적이다. 그런 사람이라면 나도 영 불가능하지는 않겠다는 희망이 생긴다.

성지와 미자가 서로를 꼭 끌어안는 마지막 장면은 읽을 때마다 뭉클해진다. 이날은 미자에게 유독 아프고 시린 날이었다. 선물 받은 낡은 여우 목도리를 두르고, 성지가 골라준 싸구려 등산 점퍼를 입고 부식 차 장수에게 고백하러 가서는 그가 장가갔다는 충격적인 소식을 듣게 되었기 때문이다. 쓸쓸히 돌아온 미자는 그날 밤 구멍 난 마음을 어쩌지 못해 골목을 하염없이 돌아다녔다. 어두운 밤 골목에는 "사랑은 얄미운 나비인가 봐"를 지치지 않고 부르는 미자의 목소리로 가득 찼다. 그런 미자가 걱정되어 나와본 성지에게 미자는 대뜸 말한다. "나 한 번만 안아줄래?" 여우 목도리를 두른 미자를 볼 때마다 털 뽑히는 여우의 모습이 그려져 곤혹스러웠던 성지는 오금이 저리지만, 그래도 용기를 낸다. 춥고 어두운 골목에 미자를 이대로 둘 순 없으니까. 성지는 여우 꼬리를 보지 않기 위해 눈을 질끈 감고서 미자를 끌어안는다. 신기하게도, 안아달라고 한 건 미자인데 그 품에서 위로받는 건 성지다. 미자 품 안에서 성지는 아주 오랜만에 누군가에게 안겨본다는 걸 문득 깨닫는다. 서로의 온기로 추운 밤 몸과 마음을 따뜻하게 녹이는 두 사람의 모습이 책을 덮고서도 오래오래 잊히지 않았다.

미자의 사랑은 결국 그렇게 되어버리고 말았다. 이런 결말을 상상한 적은 결코 없는데, 부식 차 장수를 집에 초대해 그가 선물해준 동태로 맛있는 동태찌개 한 그릇을 대접하면서 마음을 고백하고 싶었는데……. 그렇게 새로운 사랑을 시작하고 싶었는데. 그래도 상심에 빠진 미자가 크게 걱정되지는 않는다. 지금껏 그래왔듯이 또 웃고 다투고 사랑하며 아옹다옹 살아갈 것이라는 걸 알기 때문이다. 내가 아는 미자는 작은 일에도 감탄하고, 사소한 호의에도 기뻐하는 사람이니까. 가끔씩은 어른 같은 말도 할 줄 아는 사람이니까. 무엇보다, 툴툴거리면서도 미자를 걱정하고 생각해주는 성지가 곁에 있으니 안심이 된다. 나는 길을 걷다가, 버스를 타고 가다가, 허공을 보며 멍을 때리다가 순간순간 두 사람을 만난다. 내가 떠올리는 건지 저들이 불쑥 튀어나오는 건지는 잘 모르겠지만. 그럴 때면 나도 모르게 내 입은 자꾸 웃고 있다. 그래서 말인데…… 두 사람이 내 안에서 계속 방을 빼지 않고 살아도 좋을 것 같다.

메모장의 암호들

내 휴대폰과 노트에는 내가 소중히 여기는 메모 목록이 몇 가지 있다. 숫자(1)와 온점(.)과 하이픈(-)과 등호(=), 그리고 자음과 모음으로 이루어진 메모다. 나는 이 메모를 매일 조금씩 늘려나간다. 별다른 노력 없이도 쑥쑥 늘어나는 리스트를 볼 때면 스스로 잘 자라는 식물을 지켜보는 기분이다. 이 기호들은 나의 주 관심사가 무엇이며, 나의 시선이 어디에서 어디로 이동하는지, 또 무엇을 잘 기억하거나 잊어버리는지를 보여주는 하나의 지표이다. 동시에 그것은 내가 얼마나 산만하고 변덕스러운 사람인지를 보여주는 것이기도 하다.

하루에도 여러 번 들여다보고, 어떤 장소에서는 특히 더 중요한 나침반 역할을 하는 이것의 정체는 무엇일까? 눈치챈 사람도 있겠지만, 바로 도서청구기호다. 그러니까 나는 읽고 싶은 책이 생기면 책을 구할 수 있는 경로를 최대한 빠르고 정확하게 알아내는 것이 중요한 부류의 사람이다. 당장 읽지 않을 책이라도(물론 그렇게 찾아 헤맬 때는 당장 읽겠다는 마음으로 움직이는 것이긴 하다) 경로 탐색이 원활히 진행되지 않으면 하루 종일, 아니 며칠이 찜찜하다. 이건 나의 강박적인 성격 때문이기도 하지만 무언가를 좋아하는 나만의 방식이라고도 할 수 있다. 나는 무언가를 좋아하면 조금 더 부지런하고 정확한 사람, 다른 말로 하면 깐깐한 사람이 된다. 대부분의 일상에서 '대충대충'을 선호하는 나는 책에 관해서만큼은 신속함과 정확함을 추구한다.

내가 어떤 책을 알게 되고 그와의 만남을 준비하는 과정은 대략 이렇다. 우선 기민한(!) 내 더듬이를 이용해 책이 모인 곳으로 향한다. 주로 도서관과 온오프라인 서점을 기웃대면서 작가, 출판사, 키워드, 주제별로 검색 엔진을 돌려 검색 결과를 두루 살핀다. 그러다 흥미를 끄는 대상을 발견하면 내 레이더는 한층 민감해진다. 레이더망에 걸려든 책들은 나만의 행동 수칙에 따라 좀 더 심층적으로 탐색된다.

네이버·인터넷 서점 도서 정보 화면 캡처 → 휴대폰 배경 화면의 도서관 폴더 클릭 → 자주 이용하는 도서관 홈페이지에 접속 → 소장 정보 확인 → 소장 중인 도서이면 → 청구기호 메모 → 소장 중이지만 대출 중 or 비소장 자료이면 → 타 도서관 홈페이지에서 재검색 → 타 도서관에 있을 시 가까운 거리이면 직접 빌리러 → 먼 거리이면 상호대차 서비스 이용 → 몇 가지 사항을 재보다가 구매가 결정되면 인터넷 서점 또는 동네 책방에 주문 → 책과 만남.

가장 이상적인 건, 내가 이용하는 도서관에 대출 가능한 상태로 해당 도서가 소장 중인 경우인데, 항상 그러리라는 보장은 없으므로 여러 상황에 맞는 차선책들이 필요하다. 그 차선책이란 대개 이렇다.

첫째, 내가 방문할 수 있는 다른 도서관 알아보기. 나는 총 여섯 곳의 도서관을 다닌다. 이 정도 거리까지는 상호대차 시스템을 이용하지 않고 직접 다닐 수 있다고 여기기 때문이다. 국가 상호대차 시스템인 '책바다'로는 최대 세 권까지만 대여가 가능하다. 그 도서관에 간 김에 빌려 올 다른 책이 더 있을 경우엔 직접 찾아가지만, 그렇지 않을 땐 서비스를 이용한다.

둘째, 부산 시내 또는 전국 단위의 도서관에 검색 후 상호대차 시스템 이용하기. 얼마 전에는 충북 지역 도서관에 소장 중인 책을 상호대차 서비스를 이용해 대출했다. 비용은 1,700원이다.

셋째. 도서관 희망도서로 신청하기. (나는 한때 희망도서 신청하는 재미에 푹 빠져 살기도 했는데, 가령 대학 시절 학교 도서관에 신청한 희망도서는 약 600권에 이른다.) 시·구립 도서관의 경우 출간한 지 3년 이내, 4만 원 미만의 도서는 도서관에 희망도서로 신청할 수 있다. 요새는 도서관에서 지원하는 '지역서점 바로 대출'이라는 서비스 덕에 집 근처 책방에서 희망도서를 신청한 후 책방을 통해 바로 수령(대출)할 수 있어 편리하다!

이런 경로를 통해서도 책을 구하는 데 실패하거나, 왠지 자주 보게 될 책이라는 감이 올 때는, 아껴둔 네 번째 방법을 쓴다. 구매하기다. (물론 내가 구매하는 모든 책이 이런 복잡한 경로를 거쳐 구매 단계에 도달하는 것은 아니다. '묻지도 따지지도 않고' 구매하는 책들도 있다.)

책 정보를 들여다보는 일이 취미인 나는 내 나름대로 체계를 세워서 이 과정을 매일 반복한다. 여기엔 무엇이든 미루기를 좋아하는 나라는 사람이 내린 아주 빠르고도 복합적인 결정의 흔적이 담겨 있다. 이건 일단 빌려 보고 저건 주문하자. 이건 저 도서관에서 신청하고, 이건 이 도서관에서 신청하고……. 이 책은 두 도서관에 다 있으니까 대출 한도가 넉넉한 저 도서관 가는 날에 빌리고…….

이런 내 모습이 나조차 신기하다. 나라는 사람은 움직이는 것보다 누워 있기를 좋아하고, 어떤 문제가 생겼을 때도 버틸

때까지 버텨보자는 마음으로 일단 미루고 보는 유형이기 때문
이다. 그런 내가 발 빠르게 무언가를 알아보고 선택하고 결정하
고, 그에 따라 움직이기도 한다는 것은 다소 놀라운 일이 아닐
수 없다. 나는 그간 이런 행동이 평소 쟁여두기를 좋아하는 내
습성 탓이라고만 여겨왔는데, 곰곰이 생각하니 그게 전부는 아
닌 것 같다. 강박이나 집착으로만 치부하기에 나는 이 과정을
즐기고 있었다. 읽을 책을 찾아 서핑하고, 읽고 싶은 책의 소재
지를 정확히 확인하는 일련의 과정이 나에게는 재미난 놀이다.
시간과 눈과 손가락만 있으면 얼마든지 가능한 이 놀이 덕에 나
는 진기한 메모 리스트를 갖게 되었다. 그렇게 몇 년간 쌓인 암
호 같은 글자를 보면 나는 가슴이 설렌다. 머지않아, 어쩌면 당
장 오늘이라도 손에 넣을 수 있다는 생각에 황홀해지는 것이다.

누군가는 나의 메모 리스트를 보고 평생 가도 다 못 읽을 양
이라고 말한다. 그 말대로, 그 메모 중에는 아직 읽지 못한 책들
이 대다수다. 시간이 흐르고 자연스레 내 관심사가 변하면서, 이
젠 좀처럼 탐색하지 않는 유형의 책도 있다. 그래도 그 기록을
지우지는 않는다. 그것마저도 내게는 재미있는 기록이다. 매일
조금씩 증식하는 이 숫자들은 내게 말한다.

"조금 더 부지런해져야 할걸? 이 책들을 언젠가 다 보려면 말
이야."

나에게 무언가를 좋아한다는 건 이런 것이다. 관심 가는 책을 발견했을 때, 그 책을 당장 읽을 수 있도록 정확한 경로를 확보해놓는 것. 그 책을 만나기 위해 다시 무언가를 더 할 필요가 없는 상태로 세팅해놓는 것. 무언가를 곁에 두고, 자주 보고, 자주 만날 수 있도록 하는 것. 이것이 내가 무언가를 좋아하는 방식이다.

손금연장술

나는 손과 관계된 속설에 관심이 많다. 손이 차면 마음이 따뜻
하고, 손이 따뜻하면 마음이 차갑다는 속설에 여태껏 영향을 받
고 있으며, 손가락이 길면 게으르다는 말에도 나는 여지없이 고
개를 끄덕이고 만다. (내 손가락은 길다.) 속손톱이 반달이면 건
강하고 그렇지 않으면 건강이 좋지 않다는 말도 믿는다. 더러는
손톱 색으로 내 몸의 상태를 가늠하기도 한다. 추위에 약한 나
는 추울 때 입술 색뿐 아니라 손톱 색까지 보라색으로 변해서
주변 사람들을 놀라게 한다. 학창시절 친구들은 내 손톱을 보고
서 귀신 손 같다며 놀리곤 했다. 과학적 근거가 빈약한 이런 속
설 외에도, 개개인의 고유성을 증명하는 지문이나 손금처럼 손

에는 결코 사소하지만은 않은 고급 정보가 담겨 있다. 그래서 나는 손이 꼭 작은 우주 같다.

손에 관심이 많은 나는 요 근래 손을 통해 내 건강과 미래를 점쳐보는 데 몰두하고 있다. 내 왼손 손금의 생명선은 그리 길지 않다. 길고 짧은 것은 본디 상대적이라지만, 어쨌든 보통 사람들의 손금보다는 짧다고 할 수 있다. 통계학을 기반으로 쌓아온 손금의 역사를 무시할 만한 배포가 없는 나는 하루에도 여러 번 손바닥을 들여다보며 이 안에 압축되어 있을 내 인생을 가만가만 생각해본다. 안타까움과 억울함과 안도의 감정이 차례로 스쳐 지나간다. 짧게 끊어진 왼쪽 손금 앞에서 씁쓸해진 마음은 그보다 조금 더 선명하고 긴 오른 손금 앞에서 안도로 바뀐다. 괜찮아, 이 정도면 뭐⋯⋯. 그러다 다시 이런 생각이 든다. 아니, 괜찮은 거 맞나?

그러다 생긴 습관이 대화하는 상대의 손을 힐끔거리는 것이다. 내 시선은 상대의 말하는 입이 아니라 상대의 움직이는 손, 그중에서도 손바닥에 새겨진 손금인 생명선을 향한다. 정확히 언제부터였는지는 모르겠다. 어느 때부터 나는 이렇게 타인의 손금을 훔쳐보며 살고 있는 것이다. 허물없이 지내는 몇몇 지인의 손은 자주 나의 관찰 대상이 되었다. 신기하게도 내가 손을 요구한 사람들은 모두 손금에 별다른 관심이 없었다. 감정선, 두

뇌선, 생명선이라는 손금의 가장 기본적인 3선을 모르는 건 기본이요, 생명선이 어디에 있는지 모르는 이도 있었다. 나는 그 무심함이 부러웠다. 내가 확인해본 지인들의 생명선은 모두 내 생명선보다 더 선명하고 길었다. 나는 아직 나보다 짧은 생명선을 가진 사람을 보지 못했다. 그러다 보니 생긴 소소한 목표도 있다. 나보다 니이가 한참 많고 건강하게 살고 있는 사람 중 생명선이 길지 않은 사람을 발견하기. 그런 사람을 만난다면 내가 살아갈 날에 조금 위안을 얻을 수 있으려나.

수명이라는 걸 생각하면 마음이 복잡해진다. 건강할 때는 깊이 생각해보지 않았지만, 몸의 통증이 시작되고부터 수명이란 절실한 실존의 문제가 되었다. 내게 허락된 삶이 어느 정도인지 안다면 남은 삶을 더 의미 있고 알차게 보낼 수 있을까? 그럴 자신은 없다. 내가 낙담하자 친구가 말했다.

"원래 너처럼 비실대고 골골하면서 잘 아픈 사람들이 오래 산대. 병원 자주 드나드는 사람들이 가늘고 길게 산다더라."

그걸 위로라고 하는 거냐고 쏘아붙이고 싶었는데 사실 그 말이 위로가 됐다. 나 역시 어디선가 들어본 적 있는 말이었기 때문이다.

고르게 이어지지 않고 듬성듬성 빈 구간이 있는 눈썹에, 희미하고 길지 않은 손금을 지닌 나는 아플 때마다 이 모든 상황을 운명론적으로 받아들이게 된다. 이 정도라면 아플 운명이 손금이나 사주에 있는 것이 분명하단 생각이 드는 것이다. 그러나 나는 비관 속에 낙관을 품을 줄 아는 사람이라서, 아침마다 세수를 마치고 나면 아이펜슬로 끊어진 눈썹 마디를 살살 그려 메워주고, 심심하면 왼손의 생명선을 다른 쪽 손의 엄지손톱을 이용해 연장한다. 손톱자국으로 인해 일시적으로 길어진 생명선을 보고 있으면 '감쪽같은데?' 싶어서 놀란다. 중간에 끊어진 눈썹은 돈이 새어나가는 관상이지만, 문신이나 아이펜슬을 이용해 빈 공간을 채우는 인위적 방법으로도 효과를 본다는 얘기를 한 방송 프로그램에서 주워들은 뒤로는 손금도 그렇지 않을까 생각한 것이다.

나의 이런 모습을 한껏 비웃을 사람이 있다면, 단연 사노 요코가 아닐까. 그녀의 글을 읽고 있으면 여러 마음들이 파도처럼 일렁인다. 부끄러운 마음, 가벼워지는 마음, 무념무상의 마음, 고마운 마음, 닮고 싶은 마음이 차례로 다가오다 멀어진다.

읽기 전부터 제목에 탄복한 사노 요코의 에세이집 《죽는 게 뭐라고》는 작가가 시한부 선고를 받은 뒤 죽음에 관해 솔직하고 유쾌하게 써 내려간 책이다. 이 책은 슬픈데 웃기고 웃긴데 처연하다. 읽다 보면 작가 특유의 재치와 솔직함에 깔깔 웃다가도 종종 마음이 서늘해졌다. 유머러스하게 자기 삶과 죽음을 이야기했던 그녀도 더 이상 이 세상에 존재하지 않는다는 사실 때문이었다. 그래도 이 책은 나에게 여러모로 특효약 역할을 했다. 우선, 생의 소멸이 임박한 사람이 들려주는 말이라 그 무게가 남다르게 다가왔다. 무엇보다 그녀의 말이 현인이나 깨우친 사람의 고고한 말 같지 않아서 좋았다. 이 책에는 죽음을 경시하거나 통달한 자의 말씀 대신, 오직 자기 자신으로 살다 간 사람이 들려주는 담백하고 때로는 지질한 이야기가 담겨 있었다.

사노 요코가 죽음을 너무도 대수롭지 않게 말하는 바람에 나는 책을 읽던 중 자주 겸연쩍어졌다. 정확히 말하자면 정신을 차릴 수 있었다고 할까. 그래, 청승 떨지 말자. 위로받으려 하지 말자. 이해받으려 하지 말자. 그런 달콤한 것들에 미혹되지 말자. 어쨌든, 죽을병은 아니지 않은가.

목숨을 억지로 연장하지 않기로 결심한 사노 요코는, 2년의 시한부 선고를 받은 후 정확히 그만큼 살아갈 돈만 남겨두고 재산을 정리한다. 2년이 거의 지났을 무렵, 그녀는 의사에게 얼마나 더 살게 될지 다시 물었다. 돌아온 대답은 아직 반년 정도가 더 남았다는 것. 그녀는 의사에게 쏘아붙인다. "2년이라고 했잖아요. 더는 남은 돈이 없어요!" 가히 그녀다운 말이다.

그녀의 이런 면모를 꼭 닮은 사람을 발견했다. 일본 배우 키키 키린이다. 그녀가 생전에 남긴 말들을 모아 엮은 《키키 키린》을 읽으면서 나는 사노 요코가 떠올랐다. 그림책과 영화라는 자신의 영역에서 일가를 이룬 두 여인은 재발한 암과 싸우다 생을 마감했다. 이들은 모두 죽는다는 사실에 크게 동요하지 않았다. 더 살고자 하는 바람을 일찌감치 내려놓았던 두 사람은 타인에게 자기 삶의 바닥을 내보이는 일 또한 그다지 두려워하지 않았다. 괜찮은 사람으로 기억되려는 욕망마저 내려놓은 것이다. 카메라 앞에서 망설임 없이 틀니를 빼버리는 키키 키린과 자신의 저급한 취향과 비뚤어진 심보를 글 속에서 가감 없이 드러내놓는 사노 요코. 자신을 과장하거나 감추지 않고, 있는 그대로의 모습으로 세상과 마주했던 그녀들을 어찌 사랑하지 않을 수 있을까.

물론 두 사람이 병을 대하는 태도가 똑 닮기만 한 건 아니다. 사노 요코는 병이 재발한 후 사람들이 자신을 대하는 태도가 못마땅했던 것 같다. 부담스러우리만치 잘해주는 게 어딘지 불편하고 싫었던 것이다. 키키 키린은 투병 중인 사람에게 너그러워지는 주변인들의 태도에 그럭저럭 만족했고, 때때로 자신의 병세를 골치 아픈 상황을 해결하는 데 이용하기도 했다.

나는 겁 없고 솔직한 두 여성 덕분에 삶이 조금 더 가벼워지는 기분을 누렸다. 이것쯤은 별거 아니라고 생각해볼 수 있게 된 것이다. 방사선 치료 후유증으로 어깨 통증을 느낄 때마다

"아프다"라는 말 대신 "아아, 시원하다"라고 말하곤 했다는 키키 키린 덕분에 나도 통증이 생길 때면 "아아, 시원해!"라는 마음가짐으로 통증을 시원하게 느껴보기 시작했다. 나쁘지 않았다.

키키 키린의 말대로 사람은 저마다 살아온 모습대로 죽는 거라면, 나는 지금과는 조금 다르게 살아보고 싶다. 조금 덜 진지하고, 덜 무겁고, 사소한 것에 더 많이 웃으면서. 내가 그녀들처럼 당당하고 담담하게 하루하루를 살아내지는 못하더라도 되도록 솔직하게는 살아보고 싶다. 나의 이 구질구질함을 구태여 바꾸지 않고서, 그러니까 생을 더 부여잡고 싶은 마음을 숨기지 않는 사람으로 말이다. 나는 그녀들처럼 삶에 초연할 수 없고, 아직은 그러고 싶지 않다. 아직 하고 싶은 일이 많기 때문이다. 읽고 싶은 책도, 새로 배우고 싶은 일도, 이루고 싶은 꿈도 넘치도록 많다. 이를 위해 나는 건강한 생활인이 될 것이고, 손금 연장술이라는 나만의 의식을 꾸준히 이어갈 것이다.

삿포로에서

작년 여름, 5박 6일 일정으로 삿포로 여행을 다녀왔다. 다소 부담되는 여정이었지만 그때의 나는 왠지 무리를 해서라도 여행을 떠나고 싶었다. 나에게도 그런 일상이 필요하다는 생각 때문이었다. 무기력하게 누워 지내거나 몸 상태에 위축되어 지레 포기해버리는 게 아니라, 그런 것을 반쯤 잊어버리고서 무작정 떠나보고 싶었다. 혼자 해보는 나의 첫 해외여행은, 그렇게 조금은 무모하고 충동적인 결심으로부터 시작됐다.

출발 당일, 혼자 모든 걸 감당해야 한다는 긴장과 부담을 안고 일찍 집을 나섰다. 짐을 부치고 검색대를 통과하고 나니 생각보다 시간이 많이 남았다. 여유를 누리며 챙겨 온 산문집을 읽다가 그날의 일정을 되새겨보았다. 전날부터 좋지 않았던 몸 컨디션 때문인지 마음 한구석이 무거웠다. 설렘보다 걱정이 앞서는 출발이었다. 나는 초조한 마음으로 내 몸이 여행 일정을 무사히 소화할 수 있기를 바랐다.

삿포로 공항에 도착한 후에는 숙소가 있는 삿포로 역까지 가기 위해 전철에 올랐다. 전철을 타는 그 순간부터 진짜 여행이 시작되는 기분이었다. 내 근처에는 친구인지 연인인지 확실히 알 수 없는 일본인 남녀가 서 있었다. 삿포로 역 방향이 맞느냐는 내 질문에 친절히 답해준 그들은 나를 향해 "칸코쿠진(한국인)?" 하고 물으며 말을 걸어왔다. 그렇게 말문을 튼 우리는 여름 햇살이 창으로 스며드는 전철 출입문 근처에 서서 이십여 분 동안 파파고 번역기를 사용해 대화를 나누었다. 두 사람은 댄스 페스티벌에 가는 길이라고 했다. 자신들이 취미로 배우고 있다는 춤 영상을 보여주거나 한국을 여행했던 이야기를 들려주었고, 나의 여행 일정을 물으며 부러워하기도 했다. 우리는 각자가 아는 한국어와 일본어를 발음하며 한참을 즐겁게 웃었다.

홀로 낯선 땅에 도착했다는 사실 때문에 경직되어 있던 몸과 마음이 두 사람과 대화를 나누는 사이 조금씩 풀어지기 시작했다. "혼자 하는 첫 해외여행이라 긴장돼요"라는 말이 번역된 내 휴대폰을 본 여성은 "곧 혼자 하는 여행의 재미를 알게 될 거예

요"라고 응원해주었다. 머리를 질끈 묶은 단정한 얼굴에서 느껴
지던 맑은 분위기와 표정이 아직도 흐릿하게나마 기억난다. 두
사람 모두 미소가 예쁜 사람들이었다. 먼저 내리는 커플과 작별
인사를 나누면서 해맑은 남자와 그보다 조금 키가 큰 여자가 발
맞춰 추는 춤을 머릿속으로 그려봤다.

그들과 대화를 나누느라 열심히 휴대폰을 쓴 탓에 배터리를
고작 3퍼센트 남기고 겨우 숙소에 도착해 가슴을 쓸어내렸지
만, 여행의 첫 시작을 기분 좋게 열어준 만남을 기록해두고 싶
어서 짐을 풀자마자 일기를 썼다. 예상치 못한 만남으로부터 힘
을 얻은 기분이었다. 시작이 좋았다. 숙소를 나서서는 오도리 공
원까지 걸어가 그 지역에서 유명하다는 분수대와 시계탑을 보
고, 공원에서 파는 아이스크림과 옥수수를 사 먹었다. 떨어지는
빗방울을 맞으며 구운 옥수수 봉지를 들고 숙소로 되돌아가는
길에는 여행 오길 잘했다는 생각을 했다.

그다음 날은 삿포로 역에서 세 시간 반을 달려 야경이 멋지
다는 하코다테로 이동했다. 그곳에서 하루를 묵은 후 다시 그만
큼 기차를 타고 삿포로를 경유해 오타루로 향했다. 네 시간가량
걸렸던 긴 기찻길에서는 다시 루이제 린저의 산문집《고독한
당신을 위하여》를 읽었다. 낯선 곳으로 떠난 여행에 긴장한 탓
인지 부쩍 심해진 몸의 통증을 느끼며 나는 이런 문장들에 진하

게 밑줄을 그었다.

　나는 무척이나 허약한 몸으로 놀랄 정도의 많은 일을
　해내고 있는 사람들도 많이 보았습니다. (……) 자신의
　건강 상태에 대한 과중한 근심은 전연 중요한 것이
　아닙니다. 그보다 더 중요한 무엇에 헌신할 때 사람들은
　왜소한 자연의 한계선을 넘어서서 자신의 힘보다 훨씬 더
　위대한 힘의 결합을 얻을 수 있게 됩니다.

　나도 내가 아프다는 사실보다 더 중요한 무언가에 헌신함으
로써 이 통증을 잊고 싶었다. 그럴 수 있다면 내 삶은 지금보다
더 나아질 거라고 믿고 싶었다. 어쨌든 이번 여행에 이 책을 챙
겨 간 건 좋은 선택이었다. 남은 여행을 잘 버텨줄지 확신이 서
지 않는 몸과 함께인 불안한 이 여정에 힘이 되어주는 글이었다.
　긴 시간 기차를 타고 도착한 오타루는 영화 〈러브레터〉의 촬
영지이자 오르골당과 오타루 운하가 유명한 곳이었다. 여행 내
내 경직된 말투로 "OOO 가는 버스 맞나요?" "이거 하나 주세요"
같은 기초적인 일본어만 내뱉다가 셋째 날엔 드디어 한국인 동
생 두 명을 사귀어서 모국어로 대화를 나누는 기쁨을 누렸다.
그들과 함께 크루즈 투어를 하고 늦은 저녁을 먹으며 즐거운 시

간을 보냈다. 낯선 여행지에서 만난 타인과는 더 쉽게 가까워지는 법이라지만 그 동생들과는 특히 대화가 잘 통하고 편안했다. 그런 시간들 속에서도 역시 여행 오길 잘했다는 생각을 했다. 혼자라서 누릴 수 있는 호젓함과 적당한 쓸쓸함이 좋았고, 외로울 즈음 만나게 되는 타인과의 우연한 만남이 단비 같았다.

저녁을 먹으며 이런저런 대화를 나누다가, 둘 중 한 명도 몸이 좋지 않다는 사실을 알게 되었다. 얼마 전 뇌경색이 와서 힘든 시간을 보냈고, 지금은 차차 회복하는 중이라고 했다. 20대 초반의 동생에게 그런 일이 있는 줄은 전혀 예상하지 못했으므로 그 이야기는 무척 뜻밖이었다. 그렇게 대화를 주고받으며 나도 나의 아픈 이야기를 자연스레 털어놓았다. 내 통증을 설명해 줄 병명은 없었으므로 내가 겪는 증상들을 주절주절 늘어놓을 수밖에 없었지만, 각자의 경험이 왠지 서로에게 위로가 되어주는 것 같았다. 우리는 '젊고 아픈 몸'에 대해서 이야기하다가 서로의 남은 여행을 응원하며 헤어졌다.

그다음 날 저녁, 이들과 함께 유명한 수프카레 집에 가보기로 했지만 그 약속은 무산되고 말았다. 그날부터 내 몸이 급격히 안 좋아졌기 때문이었다. 다음 날 예정되어 있던, 무척이나 기대했던 비에이 투어도 포기한 채 이틀 내내 숙소 침대에만 누워 있었다. 1년 전 갑자기 생겼다가 호전 증세를 보였던 몸의 경련이 다시 심해졌다. 경련과 함께 몸의 통증도 심해져서 움직이는 것도 어려웠고 숨 쉬는 것조차 힘들었다. 침대에서 한국으로 돌아가는 항공편을 알아보고 일본 응급실을 검색했다. 그러나 돌아가는 항공편이 없었다. 그래서 5박 6일이라는, 꽤 부담되는 여정을 계획할 수밖에 없었다는 걸 그제야 기억해냈다.

챙겨 온 진통제를 먹었지만 늘 그렇듯 효과는 없었다. 그저 통증을 견디며 이 시간이 지나가기만을 기다릴 수밖에 없었다. 시간은 더디게 흘렀다. 엄습하는 불안을 잠재우기 위해 넷플릭스로 좋아하는 예능 프로그램을 틀어놓고 멍하니 바라봤다. 때론 어느 것에도 집중하지 못하고 침대에 누워 허공이나 천장을 바라보며 누군지 알 수 없는 대상을 향해 원망을 늘어놓았다. 왜 하필 여행 온 지금 이런 통증을 주느냐고. 마치 누군가 나를 조롱하는 것 같은 그 상황에, 통제할 수 없는 내 몸에 화가 났다. 그럼에도 시간은 어떻게든 흘러주어서 나는 무사히 한국으로 돌아왔다.

타국에서 앓은 경험이 준 충격 때문인지 여행에서 돌아오자마자 타 지역의 한의원에 찾아갔다. 그동안 모바일로만 상담해오던 경기도 소재의 난치성 신경 전문 한의원이었다. 먼 거리와 적지 않은 치료비용이 부담되어 차일피일 미루던 차였지만 더는 이렇게 살 수 없다는 마음이 나를 움직였다. 그곳에서는 지금까지 내가 다닌 병원과 한의원들 중 유일하게 설득력 있는 진단을 내려주었고 어떻게 하면 나을 수 있는지도 설명해주었다. 하지만 슬프게도 차도는 없었다.

매일 아침 통증을 느끼는 것으로 하루를 시작하며 내가 자주 한 생각은 이런 것들이었다. 누군가 내 삶의 소중한 것을 조금씩 앗아가고 있다는 생각, 또는 누군가가 마련해놓은 장난에 휘말리고 있다는 생각. 그래도 다행히 그런 생각에 오래 잠식당하지는 않는다. 그럴 땐 다시 이런 말을 되새길 따름이다. '내 앞엔 좋은 것도 나쁜 것도 아닌 그저 삶이 있을 뿐이다. 그 사실만 기억하면서 살아야 한다.' 그러다가도 불쑥 '이대로는 못 살아!'라고 외치며 찔끔찔끔 눈물을 흘린다. 그런데 또 하루가 지나면, 못 살 것 같던 시간이 지나가고, 이대로도 이럭저럭 살아지며, 그 속에서도 웃을 일이 생겨서 당황스럽다.

그냥 계속해

동화 작가 아스트리드 린드그렌을 알게 된 뒤부터 일상에서 그를 떠올리는 순간이 많아졌다. 언젠가부터는 만나는 사람들에게 대뜸 그녀의 이야기를 꺼내곤 한다. "요즘 아스트리드 린드그렌이라는 작가에게 푹 빠졌어"라고 말문을 열면 상대방은 '그건 또 누구야?' 하는 표정이다. 옳지, 이제 비장의 무기를 꺼내듯 이런 말을 보탠다. "그 유명한 《삐삐 롱스타킹》을 쓴 작가 말이야!"라고 이야기하는 순간, "아, 삐삐라면 잘 알지!" 하는 반가움 묻어난 대답이 돌아온다. 아스트리드 린드그렌이라는 이름은 생소해도 삐삐는 누구에게나 친숙한 이름이니까. 그때부터나는 은근슬쩍 그녀를 우리 대화의 중심으로 데려온다. "삐삐로 세계적인 작가가 됐지만 아스트리드는 삐삐 말고도 좋은 동화를 참 많이 썼어. 작가로서뿐 아니라 한 시민으로서도 멋지게 살았던 사람이야." 이 말은 곧 상대를 향해 '이제 들을 준비가 됐겠지?'라고 묻는 신호와도 같다.

나는 무언가에 빠지면 곧잘 일방통행이 된다. 일전에는 누군가를 만나자마자 당시 읽고 있던 한 작가에 관해 열띤 장광설을 늘어놓아 상대의 정신을 쏙 빼놓기도 했다. 물론 아무에게나 그러는 건 아니고(이런 대화가 통한다고 여기는 사람들이 주로 타깃이 된다), 그러다 제정신을 찾으면 슬슬 눈치도 본다. "그만할까?" 그때 들려오는 상대의 "계속해"라는 말처럼 달콤한 건 없다. 오케이! 나는 상기된 얼굴로 이야기를 이어간다.

아스트리드 린드그렌은 1907년 스웨덴 남부 빔메르뷔 시골 마을에서 태어나, 2002년에 아흔다섯의 나이로 눈을 감았다. 그녀는 풍요로웠던 유년 시절의 기억에서 길어 올린 이야기를 수많은 동화 속에 생생히 되살렸고, 그 이야기는 전 세계 독자들의 사랑을 받았다. 아스트리드는 사랑받는 동화 작가였을 뿐 아니라, 좋은 작가들과 귀한 이야기들을 발굴해낸 탁월한 편집자로서도 활약했다. 그리고 멋진 시민이기도 했다. 조세 문제의 모순을 지적하고 해결하는 데 기여한 것은 물론, 현실 정치에 개입하여 동물 복지, 아동 체벌, 난민 문제 등의 현안에 대해 적극적으로 발언했다.

나는 작가의 삶을 접하고서 한 생애를 이렇게 열정적으로 살아내게 만든 근원이 어디에 있을지 내심 궁금했다. 어느 정도 타고난 부분도 있겠지만, 아스트리드의 산문과 전기를 읽어보니 부모님의 양육 태도가 적지 않은 영향을 미쳤던 것 같다. 그녀의 부모님은 광활한 자연 속에서 어떤 제약도 없이 아이들이 마음껏 뛰어놀도록 내버려두었다고 한다. 자녀들을 과하게 보호하려 하지 않았고, 엄격한 규칙을 요구하지도 않았다. 그저 내버려두는 대신 어떤 결과든 스스로 감당하게 했다. 그래서 아스트리드는 마치 놀다가 죽었대도 이상하지 않을 정도로, 오빠와 여동생들과 함께 자연 속에서 온갖 것들을 시도하면서 신나게 뛰어놀았다. 자연에서 보낸 그 생생한 시간이 일평생 고갈되지 않는 에너지의 근원이 아니었을까 짐작한다.

또 하나, 부모님은 아이들을 자유롭게 풀어주면서도 농장일만큼은 가족 모두가 함께해야 한다고 가르쳤다. 아이들이 순무를 뽑고 새끼를 꼬는 일에 흥미를 잃고 딴짓을 할 때면, 어머니는 항상 이렇게 말했다.

"정신 차리고 그냥 계속해!"

그때마다 어린 아스트리드는 어머니의 말대로 정신 차리고 그냥 계속했다. 그 태도는 어느덧 몸에 배어 작가의 생활 정신이 되었다. 이미 시작한 일이 재미없어서 그만두고 싶을 때마다, 어렵고 버거운 일을 마주할 때마다 아스트리드는 어머니의 그 말을 떠올렸다고 한다. 정신 차리고 그냥 계속하라는 어머니의 말은 한평생 그녀와 함께한 셈이다. 눈앞의 모든 일을 의욕과 열정만으로 할 수 없다는 것을 떠올려보면, 그 말에 깃든 단순하고 단호한 정신이 작가의 삶에 꽤 유용한 지침이 되어주었음을 짐작하기란 어렵지 않다.

돌아보니 내가 아스트리드에 대해 가장 먼저 꺼내는 이야기는 삐삐 이야기를 쓴 작가라는 것과 그녀가 아흔다섯까지 장수했다는 이야기다. 전자가 상대로 하여금 친숙함에서 비롯한 관심을 이끌어내기 위한 목적이라면, 후자는 나조차도 그 이유가 모호했다. 내가 장수에 관심이 많아서 그런가? 그보다는 그만큼의 시간을 살아온 자의 존재감에 압도되었던 것이 아닐까 싶다. 그 인생이 길게 느껴진 건 한 세기에 가까운 생애 자체라기보다는 그녀가 삶을 살아온 태도로부터 비롯된 감각 같다. 그러니까 나는 그녀가 짧지 않은 생애를 '그냥' 산 것이 아니라 '그냥 계속하는' 자세로 매 순간 성실하게 살아왔다는 것에 깊은 인상을 받은 것이다.

그날도 나는 출국을 앞둔 어느 친구와 만난 자리에서 아스트리드의 이야기를 꺼냈다. 다행히도 내 이야기를 흥미롭게 들어준 친구 덕분에 나는 다른 때보다 더 편안하게 이야기보따리를 풀었다. 두서없이 쏟아냈지만 휘발되어버리는 게 아까울 만큼 마음에 들기도 했던 그날의 이야기는 평소와 다름없이 그녀의 삶에서 내가 발견한 빛나는 순간에 관한 것이었다. 그녀가 자기 인생에서 바둑알처럼 이어지던 시련과 경이의 순간들을 어떻게 맞닥뜨리며 살아갔는지, 가장 힘들었던 삶의 고비 속에서 어떤 빛나는 인연들을 만나 우정을 쌓아갔는지, 이로부터 내가 어떤 깨달음을 얻었는지……. 실타래 뽑아내듯 이어가는 이야기에 이런 사실도 덧붙였다.

"글쓰기를 누구보다 좋아했지만 작가가 될 생각은 전혀 없었던 아스트리드는, 딸에게 들려주던 삐삐 이야기를 글로 쓰면서 동화 작가로서의 삶을 시작했어. 그녀는 편지 쓰는 것을 무엇보다 좋아해서 한평생 가족과 친구, 독자들과 수많은 편지를 주고받았대. 생일날엔 세계 각지에서 날아온 편지로 가득 찬 포대자루 여러 개가 집 앞에 놓여 있곤 했다더라. 아흔 살 생일에는 그런 자루가 열여섯 개나 배달되었다는데, 정말 놀랍지 않아? 작가는 그 많은 편지를 읽고 답장을 하며 독자들과 우정을 쌓아나가기도, 돈을 빌려달라는 터무니없는 요구에 주변 사람들 몰래 응하기도 했대. 나는 작가의 그런 인간적인 면모가 왠지 모르게 마음에 오래 남았어. 그게 내가 아스트리드 린드그렌이라는 사람을 더욱 사랑하게 되는 이유 같아."

이것은 모두 작가의 전기를 읽으며 알게 된 사실이다. 옌스 안데르센이 쓴 《우리가 이토록 작고 외롭지 않다면》은 아스트리드에 관한 다정하고도 충실한 전기다. 이 책을 읽으면서 나는 자꾸 책의 제목으로 돌아가 '우리가 이토록 작고 외롭지 않은' 세계를 생각해보곤 했다. 그녀의 동화 《미오, 우리 미오》에서 반복적으로 나오는 저 문구처럼, 우리가 이토록 작고 외롭지 않다면, 그랬다면 어땠을까. 더 행복했을까? 그랬을지도 모른다. 하지만 작고 외롭기 때문에 볼 수 있었던 세상, 경험할 수 있었던 무언가는 만나지 못했을 것이다. 슬픔 위에 쌓아 올린 수많은 이야기 역시 만나기 어려웠을 것이다.

이토록 작고 외로운 존재이기에 우리에게는 이야기라는 비빌 언덕이 필요하다. 추위와 고독을 견디기 위해 만든 이야기들은 우리 삶에 작은 온기와 볕이 되어준다. 가령 보셉이 자신에게 무심한 양부모 대신 자신을 끔찍이도 사랑해주는 진짜 부모가 자신을 "미오, 우리 미오"라고 불러주는 찬란한 세계를 만들어 우리를 초대했듯이(《미오, 우리 미오》). 또는, 얼마 지나지 않아 자신이 죽는다는 걸 알게 된 동생 카알을 위로하기 위해 형 요나탄이 닝길라마라는 따뜻한 죽음의 세계를 만들어내어 죽음 이후 두 형제가 펼쳐나가는 놀라운 모험의 세계로 우리를 초대했듯이(《사자왕 형제의 모험》). 그리고 끔찍한 현실을 잠시나마 잊게 해주는 평화롭고 풍요로운 세계인 '순난앵'으로 우리를 초대했듯이(《그리운 순난앵》) 말이다. 우리는 작고 외로운 존재라는 그 사실로부터 이야기라는 성을 만들어낼 수도, 이야기 안에서 더 용감해지고 근사해질 수도 있다. 그리고 그 이야기 안으로 누군가를 초대해 우리 앞에 놓인 이 현실을 조금 더 살아볼 만한 것으로 만들어볼 수도 있다. 아스트리드 린드그렌의 동화는 내 안에, 그리고 세상 어딘가에 작고 외로운 누군가가 있다는 사실을 알려준다. 그것을 잊지 않는 마음을 배우게 한다. 그것이 내가 아스트리드의 동화를 계속 찾아 읽게 되는 이유 같다.

사실 나는 이 한 편의 글을 쓰다가 여러 번 문턱에 걸려 넘어졌다. 나에게 글쓰기란 크고 작은 문턱들이 끊임없이 내 발치에 걸리는 일이다. 그때마다 나는 작가의 삶에 나침반이 되어주었다는 "정신 차리고 그냥 계속해!"라는 말을 떠올려봤다. 신기하게도 그 말은 효험이 있었다. 글이 막히는 순간마다 돌파구 찾기를 게을리하지 않으며 어떻게든 나를 계속 쓰게 만들어주었기 때문이다. 복잡한 생각들을 일순간 멈추고 '그저 한다'는 마음만 내니 이상하게도 힘이 났다.

그러고 보면 반복되는 우리의 하루하루엔 그냥 계속하는 자세로 임해야 하는 일들이 더 많지 않은가. 생활을 유지하기 위한 크고 작은 일들도 그렇지만, 무언가를 시도하고자 마음먹을 때면 꼭 거짓말처럼 생각지 못한 여러 어려움이 생긴다. 그럼에도 이제 조금은 알 것 같다. 나의 다짐과 각오를 무력하게 하는 변수들을 뚫고 그냥 계속해나가는 것만이 내가 할 수 있는 유일한 일이라는 것을. 이렇게 그냥 계속 하기를 멈추지 않다 보면, 어느 순간은 아스트리드가 자주 편지에 썼던 문장처럼 삶은 생각만큼 나쁘지는 않다는 결론에 다다르게 될지도 모를 일이다.

애증의 버스

나는 버스 타는 것을 좋아한다. 버스 안에서 창밖을 구경하거나 이런저런 생각에 빠져드는 순간이 좋다. 굳이 무언가를 하지 않아도 되는 그 시간이 편안하고 아득하달까. 하지만 우리 집 앞의 정류장을 지나는 버스가 얼마 없어서 버스 이용이 늘 편리하지만은 않다. 요즘처럼 버스 도착 정보 알림판이나 스마트폰이 없던 시절엔 그 기다림의 시간이 더 길고 지루했다. 도착할 기미가 보이지 않는 버스를 포기하고 씩씩거리며 걷다 보면, 그제서야 내가 타려던 버스가 휭 하고 내 곁을 지나가는 경우도 적지 않았다. 그때의 약 오름과 허무함이란!

추위에 오들오들 떨며 버스를 기다리는 귀갓길에서는 '웬수'

가 되었다가도, 정류장에 도착할 때나 길에서 우연히 마주칠 때는 마치 오래된 친구처럼 버스가 반갑다. 특히 마을버스를 만나면 그 반가움이 더 커진다. 시내버스 기사보다 마을버스 기사들이 승객들에게 더 너그러운 편이라 그런 것 같다. 마을버스의 경우 정류장 근처에서 뛰어가는 시늉을 하면 출발하려다가도 기다려줄 때가 있지만 시내버스는 열심히 뛰어도 기다려주는 법이 거의 없다. 노선이 긴 시내버스가 그런 승객 하나하나를 다 기다려줄 수 없는 사정을 이해 못 하는 건 아니지만, 그렇게 버스를 놓치고 나면 멀어져가는 버스 뒤꽁무니가 그렇게 야속하게 보일 수 없다.

그래서인지 나의 하루 운이 버스 타기로부터 가늠되는 경우도 많다. 별 탈 없이 버스를 탄 날이거나, 놓칠 뻔했던 버스를 기사의 배려로 간신히 탑승한 날에는 괜히 기분이 좋아지면서 하루의 시작부터 잘 풀리는 느낌이다. 반면 눈앞에서 버스를 놓친 날은 갈아탈 버스를 놓치거나 눈앞에서 엘리베이터 문이 닫히는 등 조금씩 어긋나는 일들이 도미노처럼 이어지곤 한다. 버스 때문에 애태울 때가 많은 탓인지, 버스에 관한 이런저런 징크스도 많은 편이다.

무사히 버스에 오르고 나면, 비로소 한시름이 놓인다. 그때부터는 창밖도 구경하고 버스 안도 구경하면서 편하게 그 시간을 즐긴다. 생각보다 버스는 관찰할 것이 많은 흥미로운 장소다. 승객부터 기사까지 여러 사람들을 보는 재미가 나름 쏠쏠하다. 그중에서도 버스 기사를 유심히 볼 때가 많다. 운전석 앞의 거울로 기사의 인상을 살펴보기도 하고, 버스 두 대가 마주 보며 지나갈 때는 기사들이 주고받는 인사도 놓치지 않고 살핀다. 보통 왼손을 들어 서로에게 인사를 건네는 것이 일반적이고, 가끔씩은 버스 창문으로 몇 마디 말을 주고받을 때도 있다. 만약 기사들이 인사 없이 서로의 버스를 지나칠 때면 사이가 안 좋은가 싶어 궁금증이 인다. 이제는 마주 오는 버스가 보일 때면 자연스레 두 기사의 인사 타이밍을 기다리며 힐긋거리는 게 습관이 됐다.

버스 안에서 가장 박진감 넘치는 순간은 버스 앞에 다른 차량이 끼어들거나 운전을 서툴게 하는 바람에 버스가 급정거하는 경우인데, 그럴 때마다 나는 빠르게 버스 앞 거울에 비치는 기사의 표정이나 입 모양을 살핀다. 짧은 순간이지만 표정만으로 기사의 기분을 읽을 수 있기 때문이다. 과격한 기사의 경우 창문을 열고 "이 씨×××……"로 시작하는 욕설을 내뱉고, 덜 과격한 기사의 경우 혼잣말로 구시렁대거나 해당 차량을 향해 눈을 한 번 흘긴다. 자신의 감정을 표출하기 위해 거칠게 "빵!!! 빵!!!" 하고 경적을 울리는 기사도 있다. 그때마다 '거참, 기사님

시끄럽다구요, 빵!' 나도 속으로 경적을 울린다. 드물지만 인내심이 있는 기사는 그런 상황쯤이야 별일 아니라는 듯 차분하다. 나는 그런 기사가 모는 버스를 탈 때 마음이 편안해진다. 더러 나이 지긋한 어르신이 버스에 오르면 바로 출발하지 않고 자리에 앉을 때까지 기다려주거나, "꼭 잡으세요"라는 말을 해주는 기사를 만날 땐 그것이 마치 나를 향한 배려처럼 느껴져 마음이 푸근해진다.

물론 내가 마주하는 버스 기사의 모습 이면에 내가 알지 못하는 속사정이 많다는 것도 안다. 버스를 급하게 몰아야만 하는 사정, 매번 승객에게 친절할 수는 없는 상황, 운전하다가 욕이 튀어나올 수밖에 없는 이유……. 어떤 직업이든 제3자가 알 수 없는 고충은 있기 마련이고, 운전이라는 것은 생명과 직결된 일인 데다 나 자신만 조심한다고 되는 것이 아니지 않은가.

승객들이 버스 기사에 관해 자주 오해하는 대목을 기사의 입장으로 차근차근 알려준 사람이 있다. 20년간 시내버스 운전사로 살아온 안건모 씨다. 나는 그의 책을 읽으며 버스 기사들을 이전과는 다른 눈으로 보게 되었다.

벌써 읽은 지 10년도 더 된 《거꾸로 가는 시내버스》는 저자가 동해운수 소속의 시내버스 기사로 지내면서 겪은 일들을 모은 수필집이다. 이 책에는 안건모 씨가 오랜 시간 버스 기사로 지내면서 만났던 승객과 동료들, 다른 사람은 알 리 없는 버스 운전사만의 고충, 버스 기사의 권리를 위해 나섰던 투쟁부터 누군가의 남편과 아버지이기도 했던 자신의 이야기가 생생히 담겨 있다.

나에게 버스가 단순한 이동수단만이 아닌 것처럼, 저자에게도 버스는 일터이면서 수많은 이야기가 담긴 장소였다. 그가 들려주는 승객들의 이야기는 나와 가족의 이야기이면서 내가 매일같이 마주하고 구경하는 승객들의 이야기이기도 했다. 버스에 얽힌 일화들이 내 안에 차곡차곡 쌓여갈 때면 간간이 이 책이 떠올랐다.

그렇게 오랜만에 이 책을 다시 빌려 보았다. 지하서고에 보관되어 있던 책은 많이 낡아 있었다. 누군가의 손길을 탄 책은 여러 사람들이 사용해 잔뜩 세월감이 묻은 버스를 보는 듯했다. 다른 이가 읽은 책을 다시 펼쳐보는 이 행위가 마치 여러 사람이 거쳐 간 버스 좌석에 다시 앉는 일처럼 느껴졌다.

매번 같은 버스를 이용하던 학생 승객이 어엿한 사회인이 되는 과정을 곁에서 지켜보고, 빡빡한 노동 강도 때문에 밀려오는 졸음을 버티지 못해 사고를 내기도 하고, 피로 탓에 매일 오가는 버스 노선을 잠시 잊어버려서 당황하기도 하는 운전기사의 이야기는 다시 읽어도 친근하고 재미있었다. 인간적인 기사의 모습에 웃음이 나다가도, 코끝을 시큰하게 만드는 이야기들 앞에서는 책장을 쉬이 넘기지 못한 채 먹먹한 마음을 달래야 했다. 그의 글을 읽고 나니 내가 매일 만나는 기사들이 조금 다르게 보였다. 내가 미처 알지 못하는 버스 운전의 노고를 가만히 생각해보는 시간도 늘었다. 어떤 책을 읽고 나면 누군가를 더 이해하고 싶어진다. 그 마음이 나에겐 참 귀하다.

저자는 버스 기사로 일하면서 운전사들의 권리를 찾기 위해 힘쓰기도 했다. 〈버스일터〉 소식지를 발행하고, 진보 월간지 〈작은책〉의 편집책임을 맡아 글을 쓰고 발행에도 관여했다니, 그의 치열한 하루하루가 놀라웠다. 저자의 글을 읽으며, 글 쓰는 노동자들이 더 많아지면 좋겠다고 생각했다.

책을 읽다 몇 년 전 혼자 통영 여행을 갔을 때 만났던 버스 기사가 떠올랐다. 그날은 이상한 하루였다. 통영 시외버스터미널에 도착해서 들른 화장실에서는 어깨에 걸쳐 둔 카디건이 변기에 빠졌다. 세면대에서 카디건을 빨고 터덜터덜 버스 정류장에 도착하니 내가 타야 할 버스가 눈앞에서 떠났다. 배차 간격이 무려 한 시간인 버스였다. 혼자 온 여행이 시작부터 이상하게 꼬이는 바람에 도착하자마자 집으로 돌아가고 싶어진 순간 나에게 말을 걸어온 기사가 있었다.

아직 운행 전인 버스를 한쪽에 세워두고 나와 있던 기사는 망연자실한 내 표정을 보고는 목적지가 어디냐고 물었다. 나는 박경리문학관에 갈 거라고 말했다. 배차 간격 때문에 한참을 기다려야 하는 내 상황을 듣더니, 기사는 이 버스의 노선이 앞서 떠난 버스를 충분히 앞지를 수 있을 거라고 했다. 나는 그 말을 믿고 버스에 올랐고, 기사는 정말로 그 버스를 따라잡아주었다. "얼른 타세요!" 기사의 말에 나는 감사 인사를 남기고 서둘러 내렸다. 생각지 못한 버스 기사의 호의에 얼마나 고맙고 마음이 따뜻해졌는지 모른다.

우여곡절을 거쳐 도착한 문학관은 내부 공사 중이라 들어갈 수가 없었다. 한 시간을 꼬박 달려온 거리가 허무해지는 소식이었다. 자꾸 꼬이기만 하는 여행 일정에 짜증이 날 법했지만, 왠지 마음에 훈훈한 기운이 감돌았던 건 기사님이 베풀어준 다정한 마음 덕분이었다. 작은 친절이 누군가의 마음을 이렇게 환하게 만들어주는구나, 다시금 느꼈다. 물론 일상에서는 이런 따스한 일화보다 억울하고 화나는 순간이 조금 더 많다. 그렇지만 멀리서 달려오는 익숙한 번호판의 버스를 볼 때면 그 모든 것들이 잊힌다. 그저 저 버스가 나를 구원해주는 듯 반가울 뿐이다.

친구를 찾아서

나는 종종 한 번도 본 적 없는 사람에게 전에 없던 친밀감을 느끼는 특별한 경험을 하곤 해. 그런 이들은 대개 책이나 영화를 통해 알게 된 가상 인물인 경우가 많아. 이들과는 '본 적은 없어도 만난 적은 있는' 관계 정도로 칭할 수 있을 것 같아. 만남은 책의 한 귀퉁이에서도 일어날 수 있는 거지. 내게는 요네하라 마리도 그런 사람 중 한 명이야.

1950년에 일본에서 태어난 마리는 아홉 살 때 가족들과 체코슬로바키아의 수도인 프라하로 건너가 5년간 프라하의 소비에트 학교에서 유년기를 보냈어. 50개국 이상의 아이들이 공부하는 국제학교였지. 마리는 이후 이 이력을 바탕으로 러시아 동시통역사로 활발히 활동하면서 그때의 경험을 다룬 여러 책들을 쓰게 돼. 그 책들은 독자들에게도 많은 사랑을 받았어.

요네하라 마리라는 이름을 들으면 유머러스한 지성을 가진 멋진 여성의 이미지가 먼저 떠올라. 그녀의 왕성한 독서력(하루에 무려 7권의 책을 읽는 책벌레였다고 해)과 기억력, 여기에 기반한 해박한 면모도 그녀를 설명할 때 빼놓을 수 없는 부분이야.

그녀는 나에게 '살아 있다면 어떤 이야기를 더 들려주었을까?' 궁금하게 만드는 작가야. 그런 아쉬움을 상쇄하기 위해서였는지 마리는 살아 있는 동안 적지 않은 책을 썼어.《속담 인류학》《팬티 인문학》《러시아 통신》《언어 감각 기르기》등등 일일이 열거하기에도 꽤 많은 책들이지. 언제나 읽고 싶은 책이 넘쳐나서 행복한 비명을 지르는 나로서는 작정하고 요네하라 마리의 책만 파지 않는 한 언제 그녀의 책을 다 읽을 수 있을지 잘 모를 정도야. 그럼에도 마리가 더 많은 책을 써줬다면, 하고 바라는 이 마음을 이해하는 사람이 분명 있을 거야. 누군가를 좋아한다는 건 읽지 못한 편지가 남아 있는데도 자꾸자꾸 또 다른 편지가 기다려지는 일이니까.

어떤 책이 생생한 육성으로 기억될 수 있다는 것을 알려준 것도 마리의 책이었어. 책을 읽다 보면 "마리~~!" 하고 그녀를 부르는 애정 담긴 친구들의 목소리가 들리는 것만 같아. 그녀의 책을 떠올릴 때마다 반복 재생되는 목소리지. 그건 내가 가장 먼저 읽은 책이 마리가 프라하의 소비에트 학교를 함께 다닌 옛 친구들을 찾아 나서는 《프라하의 소녀시대》였기 때문일 거야.

《프라하의 소녀시대》는 프라하에서 유년기를 보낸 자신의 자전적 체험을 바탕으로 쓴 에세이이자 르포르타주야. 수십 년 이 지난 뒤 작가가 소비에트 학교에서 학창시절을 함께 보낸, 국적이 다른 세 친구를 찾아 나서는 것이 주요 줄거리지. 성에 관해서라면 누구보다 선구적인 지식을 가지고 있었던 리차, 원체 과장하기를 좋아했던 사랑스러운 거짓말쟁이 야냐, 완벽한 러시아어를 구사해서 마리를 자주 놀라게 한 야스나. 이들 세 친구를 찾아 나서는 이야기 사이사이엔 이들과 함께 지낸 학창 시절의 일화들도 담겨 있어서 읽는 재미가 쏠쏠해.

마리의 가족이 프라하로 떠나게 된 것은 아버지 때문이었어. 공산당원이던 마리의 아버지는 프라하에 있는 〈평화와 사회주의 제문제〉라는 잡지의 편집위원회 멤버로 파견되어 근무했는데, 이 잡지사에서 일하기 위해 세계 각국에서 모여든 공산당원의 자제들이 다니는 학교가 소련 대사관 부속 8년제 보통학교인 소비에트 학교였던 거야. 이곳에서는 50개국이 넘는 나라에서 온 아이들이 모두 러시아어로 소통하며 교육을 받았대. 엄청나지 않아? 다양한 국적과 인종을 가진 사람들이 모인 곳이다

보니, 그곳 생활이 여느 사람들의 학창시절과는 충분히 달랐으리라는 것을 짐작할 수 있을 거야. 마리는 이때 연마한 러시아어 실력으로 이후 일류 러시아 동시통역사로 명성을 떨치게 돼.

유년기의 5년은 성년기의 5년과는 많이 다르다는 것을 감안하고서라도, 마리가 그 5년을 평생 간직하며 살 수 있었다는 게 놀라워. 그건 아마 격동의 시대에 각기 다른 나라에서 모인 친구들과 함께한 추억이 너무도 생생히 자기 안의 일부로 살아 있기 때문이지 않을까. 그런 기억들은 시간이 흐른다고 흐릿해지기는커녕 더 선명해질 거야. 경험이나 기억의 강렬함이 꼭 시간에 비례하지는 않으니까.

물리적 거리는 마음의 거리로 이어지는 경우가 흔하잖아. 마리 역시 소비에트 학교 시절의 친구들과 소식이 끊긴 적이 있었어. 일본으로 돌아온 마리는 고등학교 진급 시험이며 재수 생활을 하느라 바쁜 시기를 보내게 되거든. 새로 적응해야 할 일들에 치여 살다 보니 친구들과 서로의 일상과 안부를 주고받던 편지도 점차 뜸해지게 되지. 시간이 흘러 고국으로 돌아간 친구들이 늘어나면서 대부분 연락이 끊겨.

그러다 마리가 다시 친구들을 떠올리게 되는 건 1968년 '프라하의 봄' 사건과 1980년대 후반 소련이 붕괴해갈 무렵이었어. "바르샤바 조약기구 군대의 전차가 체코슬로바키아를 점령하여 개혁파를 탄압하기 시작"한 때, 마리는 여전히 프라하에 남아 있을 친구들이 걱정되어 편지를 부쳐보기도 하고 아는 연락처로 전화를 걸어보면서 친구들의 소식을 듣기 위해 이리저리 찾아 나섰어. 마리는 그즈음 "이제 어엿한 중년이 되었을 동창생들은 이 격동기를 무사히 살아 견디고 있을지" 염려하고, 고국으로 돌아갔을 친구들을 떠올리며 "그네들이 귀국해 갔을 나라로 자꾸만 발길이 갔"다고 해. 그러나 헤어질 때 친구들이 적어준 주소로 찾아가보아도 이미 주소지는 바뀌어서 아무도 만날 수가 없었다고 하니, 그 상심만큼이나 친구들을 향한 애틋함이 컸으리라 짐작돼.

마리는 용기를 내어 그리운 친구들을 직접 찾아 나서기로 해. 그 과정이 쉽지만은 않았어. 마리가 찾아 나선 첫 번째 친구가 바로 그리스인 리차야. 남자를 볼 땐 항상 '고른 치아'를 봐야 한다고 강조했던 리차 덕분에 이후 마리는 남자를 볼 때면 치아를 유심히 살피는 버릇이 생겼지. 나도 언제부턴가 고른 치아를 눈여겨보기 시작했는데, 그 기원이 어쩌면 마리의 친구인 리차에게 있는 건 아닌가 싶기도 해. 공부엔 별다른 재능이 없었지만 성에 관해서라면 모르는 게 없어서 마리의 성교육 교사 역할을 톡톡히 했던 리차는 나처럼 천재적으로 수학을 못했다고 해. 공부를 싫어해서 매년 낙제할 듯 아슬아슬했지만 친구들의 도

움으로 진급할 수 있었다나. 그런 리차가 후에 의사가 되었다는
건 정말 놀랍지 않아? 그 대목을 읽을 땐 나 역시 '정말 리차가
맞나?' 하고 의심을 지울 수 없었어. 마리는 리차의 학창시절을
곁에서 지켜본 사람이었으니 놀라움이 더 컸을 거야. 그래서인
지 마리가 수소문 끝에 리차로 추정되는 '소틸리아'라는 학생 명
단을 받고서 리차임을 확신하는 계기가 '낙제를 여러 번 했다는
사실'이었어. 웃음이 터진 순간이었지.

　친구를 찾아가는 여정이 주된 줄거리인 만큼, 이 책에선 마
리가 수소문 끝에 친구와 재회하는 장면이 클라이맥스야. 친구
와 만나기까지의 과정을 마치 추리소설을 쓰듯 스릴 넘치게 그
려내는 덕분에 집중을 놓을 수 없지. 특히 잊히지 않는 건 우여
곡절 끝에 마리와 리차가 전화 연결이 된 순간이었어. 목소리를
듣자마자 심장이 떨려서 어떤 말부터 먼저 꺼낼지 몰라 망설이
던 이들의 마음이 나에게까지 생생히 전해졌어. 지금 대화의 포
문을 열면 밤새도록 끝이 날 것 같지 않아서 '그럼……' '그럼……'
이라는 말만 주고받으며 곧 있을 만남을 기약하는 대화가 이어
질 때는 나도 덩달아 숨죽이게 되더라. 마침내 이들이 만났을
땐 마치 내가 오랫동안 소식을 모르고 지낸 소중한 친구를 다시
만난 듯 가슴이 뭉클해졌어. 30년 전에 나와 진한 우정을 나눈
친구가 어느 날 문득 전화해서는 "널 찾고 있었어"라고 말한다

면 어떤 기분일까?

나는 마리의 책을 읽고 있을 때면 이런 것들이 궁금해져. 마리에게 친구란 어떤 존재일까? 마리는 어떻게 그런 용기를 낼 수 있었을까? 마리는 내게 우정에 대해 다시 배우게 하는 사람이야. 안부를 묻는 사소한 일조차 때론 적잖은 용기와 마음 씀이 필요한 일이잖아. 그래서인지 협소한 몇 가지 정보만 가지고 먼 타국의 친구들을 찾아 나서는 그녀의 추진력과 용기가 그저 놀라웠어. 나로서는 상상할 수 없는 일 같았거든. 마리는 자신에게 소중한 기억과 관계를 시간이라는 이유로 손쉽게 놓아버리는 사람이 아니었어.

내가 감동한 건 이들의 우정이라기보다는 마리가 친구들에게 보여준 우정과 용기였다고 말하는 게 더 정확할 거야. 그녀를 보면서 우정이란 꼭 상대방과 함께 만드는 것만은 아닐지도 모른다는 생각을 했어. 먼저 손 내미는 사람이 과거의 한 시절로 머물던 우정을 해동시키고, 끊어진 공백을 메울 수도 있다는 걸 새삼 깨달았다고 할까. 마리는 내가 중요하게 여기는 '듣는 행위'에 대해서도 생각할 거리를 주는 사람이야. 친구들과의 추억을 생생하게 복원해내는 훌륭한 이야기꾼인 마리는 그 누구보다 충실히, 잘 듣는 사람이기도 했으니까. 사실 마리가 그렇게 먼 길을 떠난 건 그녀가 대단한 이야기 수집가였던 탓도 있다고 봐.

미국 작가 리베카 솔닛은 자유로운 상태가 되기 위해서는 이야기 듣는 법을 배워야 한다고 말했어. 그 이야기에 질문을 던지고, 잠시 멈추고, 침묵에 귀 기울이고, 이야기에 이름을 지어주고, 그런 다음 이야기꾼이 되어야 한다고 했지. 솔닛의 표현에 비추어보면 마리는 전형적인 이야기꾼인 것 같아. 듣고 질문하고 멈추는 행위야말로 마리가 가장 잘하던 일이었으니까.

이야기와 이야기들, 그 이야기를 듣기 위해 움직였을 긴 거리들이 교차하여 직조해낸 이 책을 오랜만에 다시 읽으니 어렴풋이 남아 있던 기억 속 이야기들에 하나둘 등불이 켜지는 기분이 들더라. 너에게도 알려주고 싶었어. 너라면 내 말을 듣고는 꼭 마리의 책을 찾아볼 것 같았거든.

나에게도 가끔 소식이 궁금해지는 친구들이 있어. 한때 친구라는 이름으로 이어져 있었지만 지금은 연락조차 되지 않는 관계들. 두려운 건, 그들이 내 연락을 받고 마리의 친구들처럼 반가움과 감격의 눈물로 환대해줄지 알 수 없다는 거야. 자기 일을 내팽개치고 자신을 반겨주던 친구들이 있는 마리가 부러운 이유야. 이 책에 등장한 마리의 친구들은 어딘가에서 잘 지내고 있을까? 그들의 안부도 궁금해져. 이렇게 생면부지인 사람의 소식이 궁금하고, 멀리 있지만 때론 가까이에 있다고 느끼는 이기이한 거리감을 선물해주는 것이 책의 묘미가 아닌가 싶어.

나는 얼마 전에 연락이 끊긴 지 칠팔 년은 됨직한 친구에게 연락을 해봤어. 너도 아는 친구일 거야. 너와 나처럼, 그 친구도 우리와 같은 초·중·고등학교를 졸업했거든. 조향사가 꿈이던 그 친구는 지금 다른 지역의 직장에 취직해서 미생물 실험을 하고 있다고 하더라. 미생물 실험이라니. 흰 가운을 입고 실험실에서 일하고 있을 친구 모습을 상상하는 것이 낯설면서도 재미있었어. 그 친구의 근황만큼이나 먼 곳으로 일자리를 구해 떠난 너의 근황도 놀랍긴 마찬가지지만 말이야. 그곳에서 부디 몸 건강히, 즐겁게 생활하기를 바라. 한국에 돌아오면 너에게 요네하라 마리 책을 한 권 선물할게.

PART 2

내 작은 헛간

나를 살리는 이야기

몇 개월 전, 다녔던 대학으로부터 선배 취업 특강에 나와달라는 부탁을 받았다. 남들이 알아주는 그럴듯한 직장에 다니고 있는 것도 아닌데 이런 부탁이 들어오니 의아하고 당황스러웠다. 하고 있는 일을 후배들 앞에서 그냥 부담 없이 들려주면 되는 자리라고 거듭해서 제안을 하는 바람에 얼떨결에 응해버리고 말았다. 후배들을 만나는 자리라는 데 마음이 동해 용기를 내보기로 한 것이다. 올 한 해는 대학원을 그만두고 내가 원하는 대로 살아본 1년이었으니, 어쩌면 이 강연이 적절한 시기에 나를 돌아보는 계기가 될 것도 같았다. 그렇게 틈나는 대로 머릿속으로 할 이야기들을 쌓고 굴리며 시간을 보냈다. 지금 하는 일들을 찬찬히 들려주는 일이라니 어려울 것도 없겠다 싶었지만, 구체적인 강의안을 짤 때면 어디서부터 어디까지 이야기해야 할지 좀처럼 감이 오지 않아 막막해졌다. 그렇게 엉킨 실타래를 쥐고 여러 날을 보냈다.

이야깃거리를 모으다 보니 나도 모르게 자꾸 3년 전으로 거슬러 올라갔다. 나에게 변화가 찾아온 건 그즈음부터였기 때문이다. 대학원을 다니다 휴학한 그해, 나는 동료들과 1년 넘게 준비해오던 잡지를 만들었고, 누군가의 제안으로 몇몇 사람들과 글 연재를 시작했으며, 그 글로 난생처음 출간 계약이라는 것도 해보게 되었다. 그즈음 설렁설렁 마을을 돌아다니다 동네 책방과 인연이 되어 그곳의 일을 돕게 되었고, 비슷한 시기엔 내가 오래 이용해온 마을 도서관에서 일하기 시작했다.

학교와 건강 문제로 지쳐 있던 나는 그런 생활 속에서 조금씩 활기를 되찾았다. 공부는 꼭 학교가 아니어도 가능하다는 것을 머리가 아닌 몸으로 배우는 시간이었다고 할까. 그 끝에 나는 다른 길을 걸어가보기로 결정했다. 박사과정을 1년 남겨두고 학업을 정리했다. 시작한 공부를 마저 마치는 것도, 새로운 길로 과감히 방향을 트는 것도 그것대로 모두 용기가 필요한 일이었지만, 당시 나에겐 계속 하는 것보다 그만두는 것이 더 중요한 결단이었다. 내가 사는 터전에서, 내가 좋아하고 또 신뢰하는 사람들과 함께 부대끼고 일하며 살아가기. 그리고 글쓰기. 내 삶을 이 두 축을 중심으로 재정비하기로 마음먹은 뒤 하나하나 실행에 옮겼다. 도서관 상근 활동가에서 다시 자원 활동가의 자리로 돌아갔고, 몇 달 뒤에는 작은 독서교실을 열었다. 우리 마을 이야기를 책으로 쓰기 시작했다. 스스로 결정해온 일들의 만족도는 컸다.

그래, 이런 이야기를 재미있게 잘 풀어보자……. 방향을 찾은 느낌에 안도한 것도 잠시, 어딘가 찜찜한 기분에 다시 마음이 심란해졌다. 내가 말하고 싶은 건 이런 것들이 아니라는 생각이 들었다. 그 몇몇 결과들은 내 이야기의 온전한 모습도, 진실도 아니었다. 새로운 도약과 변화의 연속으로 보이는 지난 시간 아래엔, 사실 지리멸렬하고 지긋지긋한 날들이 있었다. 그러니 이 이야기는 거기서 시작해야 했다. 나는 몸 때문에 어쩔 수 없이 학교를 쉬었고, 한 학기로 계획한 휴학은 1년이 되고 다시 2년이 되었으며, 그 사이사이 내 몸은 나의 가장 큰 화두이자 어려운 숙제였다는 것. 또 그 시기에 한 번도 내 곁을 떠난 적 없었던 무언가가 있었다는 그런 이야기 말이다.

그러니까 내가 전혀 예상한 적 없었던 지금의 삶은 알 수 없는 몸의 고통에서부터 시작된 것이었고, 내가 정말 하고 싶었던 이야기란 다름 아닌 그 시절 나를 살게 한 것들일지도 모르겠다는 생각이 들었다. 나는 그 기간에 어느 때보다 '이야기'에 깊이 몰입했다. 어쩌면 기대어 살았다는 표현이 더 정확할지도 모르겠다. 그건 살고 싶다는, 살아야겠다는 본능으로부터 나온 필사적인 행동에 가까웠다. 좋은 이야기를 수시로 읽고 또 들었다. 마른 풀이 물을 갈망하듯이, 이야기라는 샘물을 수시로 흡수했다. 다독이나 탐독과는 다른 차원의 밀독(密讀)이었다.

막막했던 그 시절에 나는 스스로에게 지치지 않고 이야기를 들려주었다. 돌이켜보면 정말 잘한 일이었다. 이 사실을 좀 더 정확히 깨달은 건 정신의학과에 내원하면서였다. 당시 나는 컨디션에 따라 매일의 일정을 조절할 수밖에 없는 하루하루도, 내 체질에 맞춰 식단을 조절하며 욕구를 억누르는 일도, 이만큼 노력하는데도 좀처럼 잘 회복되지 않는 몸에도 많이 지쳐 있었다. 잘 버텨온 시간들이 조금씩 휘청인다고 느끼던 때, 병원을 찾아갔다. 이야기를 털어놓는 것만으로도 많은 도움이 되었다는 지인의 말에 용기를 얻고서.

내가 처한 상황을 차분히 들어준 의사는 나에게 힘든 시기를 어떻게 보냈느냐고 물었다. 나는 눈물을 멈추고 잠시 생각하다가 말했다.

"제가 좋아하는 일을 열심히 했어요. 특히 필사를 많이 한 것 같아요. 식탁에 앉아서, 동이 트고 새소리가 들릴 무렵까지 정신

없이요. 좋아하는 책에 관해 글을 썼어요. 거리를 거닐면서, 버스를 타고 다니면서 제가 녹음한 좋은 이야기들을 들었어요. 내가 좋아하는 것들을 내 곁의 사람들과 많이 나누었어요. 살 것 같았어요."

그 이야기를 하면서 어쩌면 나는 내가 아는 것보다 더 강한 사람일지도 모르겠다고 생각했다. 나는 내가 아는 가장 좋은 것을 나에게 주려고 노력했던 거구나. 그 시절 나를 살게 한 이야기는 자기 자신에게 함몰되지 않았던, 자기 너머를 볼 줄 알았던 사람들의 이야기였다. 그런 이야기는 내 처지를 비관하거나 연민하는 행동에서 서서히 벗어나게 해주었다. 내가 변화시킬 수 없는 문제보다 내 힘으로 변화 가능한 일들을 더 자주 생각하게 했다. 이 상황을 빨리 벗어나고 싶다는 조바심을 천천히 내려놓을 수 있게 해주었다.

우리는 누군가의 이야기를 듣는 것만큼이나 다른 이에게, 또는 스스로에게 이야기를 들려준다. 때로는 그렇게 들려주고 그저 듣는 것만으로 충분해지기도 한다. 얼마 전 아이들과 《긴긴밤》을 다시 읽으면서도 비슷한 생각을 했다. 이 책에 등장하는 마지막 남은 흰바위코뿔소 노든은, 동물원에서 만난 친구 앙가부에게 자신의 지난 이야기를 주절주절 늘어놓은 날 처음으로 악몽을 꾸지 않고 단잠에 빠진다. 노든 안에 쌓인 슬픈 이야기들은 그렇게 다른 이에게 전해지면서 그의 몸을 덮는 따뜻한 이불이 되어주었다.

《긴긴밤》에서 가장 눈부신 장면은 언제나 노든 품에서 이야기를 듣던 작은 펭귄이 스스로 이야기를 들려주기 시작하는 장면이다. 아픈 노든을 걱정하던 펭귄은 어느 날 밤 결심한다. 자신이 그간 들어온 이야기를 노든에게 다시 들려주기로. 펭귄의 두려움을 잠재워주었던 숱한 이야기는 그렇게 펭귄의 입으로 노든에게 다시 전해진다. 이 행위가 나는 참 아름답게 보였다. 노든과 앙가부, 치쿠와 펭귄에게 '이야기'란 자신들이 걸어온 발걸음으로 수놓아 만든 길이자, 서로가 서로에게 이어져 있음을 확인하게 하는 끈이었고, 이들의 긴긴밤을 버티게 해준 따스한 이불 같은 존재였을 것이다. 그리고 삶이 계속되는 한 끝없이 덧붙여갈 무엇이었을 것이다.

얼마 전 탁동철 선생님의 책 《애들아 모여라 동시가 왔다》를 읽었다. 읽는 내내 그가 부러웠다. 내가 꼭 되고 싶은 사람의 모습이었기 때문이다. 이야기에 빚진 자로서 나 역시 누군가에게 이야기를 들려주는 친근한 이웃이, 어른이 되고 싶었다.

아이들 사이의 여러 문제가 생길 때면 탁 선생님은 고민한다. 어떤 시를 들려줄까. 짓궂은 장난과 괴롭힘, 싸움이 벌어지는 교실 현장에서 오가는 건 날 선 꾸지람과 훈계가 아니라 시와 동화다. 탁 선생님은 그저 이야기를 들려준다. 가끔은 아이들의 비웃음을 사는 일인극도 열연한다. 그 이야기들이 의도대로 아이들 마음에 잘 닿느냐 하면 꼭 그렇지만도 않다. 애타는 선생님 마음을 알아줄 리 없는 아이들은 미지근한 반응을 보이거나 외면하거나 딴청일 때가 더 많다. 그러나 그는 조금 실망하고 조금 상처받되 결코 포기하지 않는다. 다시, 다시, 다시, 계속해서 이야기로 아이들 마음의 문을 두드린다.

이야기로 말을 건네는 사람이 된다는 건 마음처럼 쉽지 않은 일이다. 그건 작고 작은 이야기의 고귀함을 알아볼 줄 알고, 감탄하고 기억하고 들려주길 즐거워해야만 가능한 일이다. 내 생각과 목소리를 잠시 내려놓을 줄 알아야 하고, 넌지시 건넨 이야기가 상대에게 전혀 가닿지 않는 순간도 덤덤히 받아들일 줄 알아야 한다.

무엇보다 그건 자기 안에 호기심 많고 천진한 아이를 간직하며 살아야 가능한 일 같기도 하다. 지난 시절의 자기 모습을 잊지 않고 나이테처럼 두르고 사는 사람들이 나에겐 훌륭한 이야기꾼으로 보인다.

이 책을 읽으며 생각했다. 아이들이 절망을 겪지 않는 것이 아니라, 절망을 충분히 견딜 만한 것으로 만들어주는 이야기를 스스로 찾아 나설 수 있었으면 좋겠다고. 나의 이런 바람이 실패할 때가 더 많더라도, 시도하기를 멈추지 않을 것이다. 탁 선생님이, 그리고 이야기를 사랑하는 많은 이들이 그러는 것처럼.

대학원에서 공부할 때, 어려운 이론서를 잘 독해하는 사람이 되고 싶었던 나의 꿈은 이제 내 곁에 있는 한 사람의 이야기를 잘 들어낼 수 있는 사람이 되는 것으로 바뀌었다. 귀한 이야기를 귀하게 들어내는 사람이 되고 싶다. 그래서 나는 독서교실에서 만나는 아이들의 꾸밈없이 생생한 이야기를, 글쓰기 수업에서 만나는 어르신들의 묵직한 인생사가 녹아든 이야기를 성심으로 듣고 부지런히 받아쓴다. 그 메모들을 다시 잘 정리해서 갈무리해두는 것까지 마치고 나면, 나는 내가 제대로 살고 있는 것 같다는 생각에 배부른 기분이 된다. 이야기가 여전히 나를 살게 하는구나 싶다.

어떤 자책

지난 토요일, 반납할 책을 잔뜩 챙겨 도서관에 갔다가 문 앞에서 퇴짜를 맞았다. 도서관 관리자는 출입문 근처를 서성이는 사람들에게 말했다. 조금 전 코로나 바이러스의 여파로 도서관이 폐쇄되었으니 문 앞에 붙은 공지를 읽어보라고. 도서관 폐쇄라니. 지금껏 경험해본 적 없는 상황에 어안이 벙벙했다. 일차적으로는 도서관 폐쇄라는 초유의 사태에, 이차적으로는 무인대출기로는 반납이 불가능한 타 도서관 책들을 하루 동안 짊어지고 다녀야 할 생각에 마음이 아득해졌다. 곧이어 부산에도 코로나 확진자가 발생하여 부산의 모든 시·구립 도서관 운영이 잠정 중단되었다는 안내 문자가 도착했다.

도서관이 문을 닫아걸 만큼 이 지역이 더는 안전지대가 아니라는 사실도 걱정스러웠지만, 그보다 기약 없이 도서관을 이용할 수 없게 되어버린 현실이 나를 더 당혹스럽게 만들었다. 생각해보면 이상한 일이었다. 아니, 대체, 왜? 우리 집에는 사두고 읽지 않은 수십 권의 책들이 수개월 또는 수년째 방치된 채 나를 기다리고 있었고, 그것들은 '머지않아'와 '언젠가' 사이를 맴돌면서 내 마음을 무겁게 만드는 주범이었다. 게다가 나는 매월 이용료를 결제하면 등록된 콘텐츠를 무제한 대여할 수 있는 전자책 서비스를 구독하는 중이었고, 인터넷 서점에서 구매 후 바로 열람 가능한 전자책 어플도 이용하고 있었다. 읽을 책이 풍족하면 풍족했지, 부족하다곤 할 수 없는 상황에서 내가 느끼는 이 불안의 정체는 무엇인가. 나로서도 납득하기 어려웠다.

내게는 내가 가진 것에 만족할 줄 모르고 자꾸 더 쟁이려는 습성이 있다. 흡사 '잡은 물고기에는 밥 안 주는 사람'처럼. 당장이라도 읽지 않으면 안 될 것 같은 마음으로 책을 구입하지만, 막상 집에 도착한 책들은 언제든 펼쳐볼 수 있다는 마음 때문인지 그 관심이 시들해지는 경우가 많다. 이런 습관은 우리 집 책장의 책들을 외롭게 만들고 있다. 대출 기한이 정해진 도서관 대여 도서를 먼저 읽다 보니 자연스레 구매한 책의 독서가 미뤄지는 경우도 많다. 그 홀대의 시간이 짧게는 몇 개월에서 길게는 몇 년이 되기도 했다. 그 때문에 내 안에서는 소장 중인 책을 읽으려는 마음과 도서관에서 대여한 책을 읽고 싶은 마음이 자주 충돌한다.

이상하게도 나는 도서관만 가면 절제심을 잃고 자주 거짓말쟁이가 된다. '오늘은 정말 반납만 하고 돌아와야지!'라는 결심은 도서관 문을 통과하는 순간 잊히기 일쑤고, 대출 가능한 권수가 초과되면 내가 소지한 가족의 회원 카드를 이용해서라도 빌려 오고 마는 것이다. 그렇게 짊어지고 간 책은 대개 다 못 읽고 반납하는 경우가 많은데, 그때마다 모종의 깨달음을 얻지만 그 깨달음이 나를 바꾸어놓진 못했다.

이런 차에 도서관이 먼저 문을 닫았으니, 나의 고민이 강제로 해결된 셈이 아닌가. 그렇게 생각하자 도서관 휴관이라는 유례없는 이 상황이 새롭게 다가왔다. 비로소 내 책장에서 읽히기를 기다리는 책에 관심을 가질 기회가 왔구나! 주말엔 모처럼 마음먹고 책장을 정리했고, 내가 읽고 싶어서 사두고는 관심을 주지 못한 책들을 한 권씩 살펴봤다. 거기엔 어떤 이유로 샀는지 구매 경로가 새록새록 떠오르는 책도, 왜 샀는지 아리송한 책도 있었다. 이전에 사뒀지만 아직 읽지 못한 책, 혹은 조금 맛만 보고 미뤄둔 책을 대면하는 시간은 그 자체로 재미가 있었다.

이 글의 결론이 그렇게 내 책장 속 책들을 꺼내 읽었다는 결말로 나아가면 좋으련만, 나는 결국 마을 도서관에서 책을 빌려오는 만행을 저지르고 말았다. 이곳도 휴관을 결정했지만 필요한 책이 있을 경우 빌릴 수 있게 해주겠다는 안내 문자가 왔다. 그 도서관에 가깝게 지내는 사서가 있어서 내가 필요한 책을 이야기하며 SOS를 쳤다. 도서관으로 가서 책을 받을 때는 마치 구호물품을 배급받는 기분이었다! 나는 이런 순간에 인생은 생각처럼 흐르지 않는구나 하고 느낀다. 좀 더 정확히는, 나는 당최 믿을 수 없는 인간이구나 하고 깨닫는다.

도서관에 들어서는 필요했던 그림책 몇 권과 '봉자책방 303호'라고 적힌 책 꾸러미를 함께 받았다. 사서인 앨리스가 자기 집 책장 정리를 하면서 필요한 책들이 있으면 주겠다고 했을 때 내가 고른 것들이었다. ('봉자책방 303호'는 나에게 책을 건네준 앨리스가 자기 집 책장에 붙인 이름이다.) 봉자책방의 주인은 나와 수년째 이 도서관에서 독서모임을 함께 하고 있다. 우리는 그 친밀한 시간이 쌓이면서 자연스레 친구가 되었다. 이 모임을 시작하던 때 규칙으로 삼았던 '나이에 관계없이 반말 쓰기'가 나름의 효력이 있어서, 우린 훨씬 더 빠른 시간 안에 격의 없는 사이가 될 수 있었다.

집에 도착해서 봉자책방 303호로부터 전해 받은 책 꾸러미를 풀어보았다. 포장지를 뜯자 깨끗하게 읽은 네 권의 책과 짧은 편지, 티코스터가 모습을 드러냈다. 누군가가 직접 고르고 읽었을 책을 건네받는 일은 중고책을 구매하는 일과 비슷하면서도 어딘가 다르다. 내가 잘 알고 있는 사람의 책장에서 내 책장으로 옮겨 온 만큼 좀 더 친밀감이 든다고 할까. 나는 봉자책방 주인이 읽던 책을 받아 읽는 그 기분이 왠지 좋았다.

내가 고른 네 권의 책은 알랭 드 보통의 《여행의 기술》과 《불안》, 요조의 《눈이 아닌 것으로도 읽은 기분》 그리고 황정은의 《야만적인 앨리스씨》였다.

요조의 짧은 서평집인 《눈이 아닌 것으로도 읽은 기분》을 후루룩 훑어보다가 한 페이지에 멈춰 섰다. 저자가 2017년 5월 28일, 마스다 미리의 《어느 날 문득 어른이 되었습니다》를 읽고 남긴 글이었다.

한 시인과 커피를 마실 때 들은 말이다.
"에세이는 그냥 한 번 읽고 잊어버리는 거예요."
그리고 한 사회학자의 수업을 들을 때
거기서 들은 말이다.
"어쩌면 에세이란 자기가 읽히고 난 뒤 잊혀지기를
바라고 있을지도 모른다."
두 사람의 말이 떠오르는 책이다.

아무 욕심도 교훈도 멋도 없이,

그냥 한 번 읽히고 잊혀지고 싶다는 듯이.

그냥 그렇게 있는 책.

아무것도 되지 않으려는 무욕의 마음과 그로부터 나오는 담백함. 내게 절실히 필요한 두 가지 때문에 저 문장 앞에 오래 머물렀다. 마침 타 도서관 책이라 반납하지 못하고 도로 가져온 마스다 미리의 《어른 초등학생》을 펼쳐보고 싶어졌다. 내 글도 '아무 욕심도 교훈도 멋도 없이, 그냥 한 번 읽히고 잊히고 싶다는 듯이' 써지면 좋겠다고 생각하면서.

아, 역시나 우리 집 책장보다 남의 집 책장과 도서관 서가의 책들이 훨씬 더 흥미진진하구나. 아마 앞으로도 나는 나를 자책하고 우리 집 책들에게 미안해하면서, 이 독서 생활을 청산하지 못하리라.

두 사람

《선생님, 요즈음 어떠하십니까》는 아동문학가 권정생과 이오덕이 30년에 걸쳐 주고받은 편지를 엮은 책이다. 누락된 편지도, 답장이 오기 전 연달아 부친 편지도 있어서 모든 편지가 매끄럽게 이어지는 건 아니다. 그럼에도 그 틈에서 서로를 향한 마음을, 이들이 서로를 거울삼아 살아낸 반듯한 시간을 읽어내기란 어렵지 않다. 두 문학가가 나눈 우정의 연대기를 읽는 내내 벅찬 마음에 자주 멈춰 쉬며 숨을 고르곤 했다.

이 책을 다 읽는 데 거의 1년이 걸렸다. 책을 다 읽고 난 뒤에 나는 지난 1년의 시간을 더듬기라도 하듯 책 전체를 다시 한 번 빠르게 훑어보았다. 어떤 이유로 남겼을지 알 수 없는 메모와 밑줄들이 가득했다. 그중에 "읽어보지 않아도 믿는 마음에 대해"라고 휘갈겨 적은 메모에 눈길이 머물렀다. 이건 "동화집에 선생님의 발문을 넣으시겠다니 더없이 감사한 일입니다. 제가 읽어보지 않아도 선생님의 글이라면 믿을 수 있습니다"라는 권정생의 편지 옆에 적힌 글귀였다. 나는 아마 그토록 단단한 두 사람의 믿음에 깊은 인상을 받았던 것이 분명하다.

　편지를 읽으며 유독 눈길이 갔던 부분은 두 사람이 서로를 부르는 '선생님'이라는 호칭이었다. 특별할 것 없는 그 말이 내게는 호칭 이상의 어떤 태도를 보여주는 것으로 다가왔다. 특히 자기보다 열두 살이나 어린 권정생을 향해 꼬박꼬박 선생님이라고 부르는 이오덕의 말에서 한 사람을 향한 깊고 진한 마음을 느꼈다. 그는 그저 말로써가 아니라, 진실한 행동으로 외로운 사람의 따스한 곁이 되어준 사람이었기 때문이다. 편지를 읽다가 이오덕이 권정생의 건강 상태나 생활 형편, 열악한 창작 환경 등을 구체적으로 걱정하며 편지에 돈을 동봉하기도, 자신이 갚을 테니 급할 땐 빌려 쓰라는 말을 건네기도 하는 대목에서 나는 자꾸 눈물이 났다. 누군가를 향한 진심 어린 존중과 사랑은 지켜보는 이에게도 전염되는 것일까. 급한 대로 돈을 부치며 "신문값 같은 것은 차차 내도록 합시다"라고 쓴 이오덕의 편지를 읽으면서는 반려란 이런 것이구나, 싶었다. 몫을 함께 나누어 지는 것. 나의 문제가 너의 문제가 되고, 서로의 문제가 우리의 문제가 되는 것.

자신을 향한 이오덕의 염려에 권정생은 "올해도 보리밥 먹고, 고무신 신으면 느끈히 살아갈 수 있으니까요. 가난한 것이 오히려 편합니다"라고 답했다. 자신의 일에는 이토록 무심하고도 검소한 이였지만 자신보다 남루한 형편에 처한 사람은 그냥 지나치지 못하던 그였다. 교도소에서 주고받은 편지가 인연이 되어 출소 후 자신의 안동 집으로 찾아온 사람의 딱한 형편을 전해 들은 그는, 이오덕에게 부치는 급한 편지에 그 사람이 머무를 만한 거처를 알아봐달라고 부탁하며 이렇게 썼다. "부디 제 일처럼 여겨 주시기 바랍니다." 그 마지막 문장에 나는 한참 부끄러웠다. 부족함 없이 살면서도 나 하나밖에 모르고 살아온 내 모습이 거울처럼 비쳐서다.

여느 편지들처럼, 두 사람이 나눈 편지에도 대단한 이야기보다 하루하루 살아가는 소소한 이야기가 더 많다. 밥은 잘 챙겨 먹는지, 몸은 좀 어떤지, 생활은 힘들지 않은지, 춥지는 않은지, 돈이 필요한 건 아닌지, 어떻게 지내고 있는지……. 나는 문학과 세상을 논하는 것만큼이나 이런 이야기들이 좋았다. 끼니와 추위와 금전적 형편과 몸 상태 같은 이 사사로운 것들이야말로 외면할 수 없는 매일의 일상이고, 우리 삶을 이루는 본질이기도 하다는 것을 어느덧 알게 되었기 때문이다.

이들의 편지를 읽으면서 무엇보다 이 사실이 좋았다. 열두 살의 나이 차이도, 서로의 물리적 거리도 이들의 우정에는 아무런 걸림돌이 되지 않았다는 것. 두 사람의 편지가 끊어진 건 오로지 이들의 삶이 다했다는 그 이유 하나였다는 사실 말이다. 이들의 우정을 가로막을 것이 오직 생의 소멸일 뿐이라는 사실은 이상하게 내 마음을 충만케 했다. 이오덕의 부고 소식을 접한 권정생의 추모 글, 그리고 권정생이 자신의 죽음을 예감한 후 남긴 마지막 유서로 긴 시간 오고 간 이들의 편지는 갈무리된다. 단정한 이 끝이 긴 여운으로 남았다. 두 사람은 떠나고 없지만, 두 사람이 나눈 이야기와 이들이 살아온 삶이 내 안에 오래 함께할 것 같은 기분이 들었다.

이들의 편지를 다시 찬찬히 살펴보면서 책 귀퉁이의 메모 하나가 눈에 들어왔다.

"이런 문장을 만나면 그 고통이 전보다 더욱 구체적이고 생생하게 와닿아 읽던 책을 잠시 내려놓고 눈물을 훔치게 된다. 타인의 아픔에 구체적으로 공명하게 된 것이 권정생의 책을 처음 접하던 때와 가장 달라진 점이다." 그 편지의 내용은 이렇다.

저는 아직 기운을 차리지 못할 만큼 몸이 괴롭습니다.

달력에 동그라미로 표시된 대로 꼭 16일 동안 밤낮을
고통스럽게 지냈습니다. 얼마나 그 아픔이 심했는지 정말
삶이 두려워집니다. 누워 있지도 앉아 있지도 서 있지도
못하는 상태가 16일 동안이나 계속되었는데도 그래도 또
살아났습니다. 물론 밤에도 낮에도 잠을 이루지 못하고
제대로 먹지도 못했지요. 그러나 일상적인 저의 직책은
거의 다 해내었습니다. 새벽종을 단 하루 놓쳤을 뿐입니다.

내 시선이 머무른 곳은 그가 아픈 와중에도 일상적인 자신의
임무를 거의 다 해냈다는 대목이다. 나에게 '잘 사는 일'이란 이
런 것이다. 때로는 자신의 아픔을 잊으면서 자기에게 주어진 일
을 그저 묵묵히 해나가는 것, 말이다. 아파도 또다시 날은 밝고
하루는 시작되고 우리 앞에는 삶이라는 시간이 주어져 있으니,
우린 매일 성실하게 밝아오는 하루를 그와 같은 마음으로 살아
내야 하는 것이다. 아프고 고달파도 그렇게 살아지고 또 살아내
는 것이 삶이라는 메시지는 그의 작품을 관통하는 주제이기도
하다.

책의 말미에 만난 이런 글도 울림이 컸다. 이오덕이 부친 편
지글에 담긴 "자연을 어떻게 보는가 하는 문제는 사람을 어떻게
보나 하는 문제가 되고, 그것은 그대로 문학관이 됩니다"라는

문장이다. 자연을 경외시하거나 자연에 무관심한 사람에게서 나오는 글은 좀체 믿을 만하지 못하다는 생각을 부쩍 자주 하는 요즘, 이런 말들이 그냥 지나쳐지지 않는다. 이런 내 말을 들은 누군가는 말했다. 자기 몸이라는 가장 궁극의 자연도 잊어서는 안 된다고. 자연을 향한 태도란 무릇 자기 몸이라는 자연으로부터 시작된다는 그 말에도 고개가 끄덕여졌다. 다만 나는 내 몸이라는 궁극적인 자연을 잊지 않으면서도 때로는 그것을 잊으며 살고 싶기도 하다. 내 몸의 일상적인 통증들에 너무 오래 붙잡히지 않고 살아가고 싶은 생각도 드는 것이다.

이들의 편지를 읽으며 나 자신이라는 친구, 자연이라는 친구, 그리고 믿고 마음을 나눌 수 있는 한 존재를 오롯이 사랑하고 싶어졌다. 그런 사람을 찾게 된다면 나도 언젠가 이런 편지를 부쳐보고 싶다.

선생님, 너무 염려하시지 말아주세요. 물론 저는
선생님만은 믿고 의지해야겠다는 마음을 가지고
있습니다. 믿을 수 있는 선생님을 알게 된 것만으로도
더할 수 없이 기쁩니다. 앞으로도 역시 제가 쓰고 있는
낙서 한 장까지도 선생님께 맡겨드리고 싶습니다.

오백 원짜리 책

어제 오후, 일을 마치고 귀가하는 버스 안에서 문자 한 통을 보냈다. "네 시에 롯데마트 앞에 도착할 것 같아요. 시간 괜찮으신가요?" 바로 답장이 왔다. "네, 정문보다 후문이 덜 붐벼요. 후문에서 기다리고 있을게요." 문자를 마치고 잠시 고민했다. 오백 원짜리 동전이 있긴 한데, 딱 오백 원만 건네기엔 어쩐지 미안한 일이란 생각이 들었다. 에누리 없잖아. 어쨌거나 나를 배려해서 직접 전화도 주셨고, 본인 집 근처이긴 하지만 내 시간에 맞춰서 약속 장소로 나와주시는 건데. '오백 원을 드리면서 붕어빵이라도 건네면 어떨까? 근처에 붕어빵 파는 곳이 있으려나? 없으면 비타500 같은 음료수라도 하나 사드리는 게 나을까? 근데 그거 살 시간은 되려나?' 이런 생각들로 머릿속이 분주한 와중에 벌써 내릴 때가 되었다. 시간은 네 시가 다 되었고, 근처에 마땅한 붕어빵 가게도 보이지 않은 데다 선의가 담긴 행동이 괜히 상대에게 부담을 주지 않을까 망설여졌다. 돈보단 소소하게나마 다른 것으로 마음을 표현하고 싶었는데…… 에이, 모르겠다. 오백 원은 아무래도 너무 야박하니, 천 원을 드리자. 나는 약속 장소로 걸어가며 마음을 바꿨다.

어젯밤 모르는 번호로 전화가 왔다. 인터넷 중고서점 판매자였다. 주문 들어온 책을 보내려고 보니 자신이 우리 집 근처에 산다며, 택배비 3천 원도 아낄 겸 책을 직접 전해주겠다고 했다. 번거로운 일일 텐데 굳이 왜 이런 호의를 보이는 걸까 조금 의아했지만, 나야 나쁠 게 없는 제안이라 좋다고, 감사하다고 했다. 최근에 중고책을 여러 권 주문한 터라 어느 책 판매자인지 물어보니 그림책이란다. "내일 집에 있으세요?" "아뇨, 일이 있어서 나가요." "그럼 아파트 경비실에 맡겨놓을 테니 나가면서 오백 원 맡겨두세요." "오백 원이요?" 나는 수고비 오백 원을 말하는가 싶었는데 책값 오백 원을 말하는 거였다. "알겠습니다." 책값이 오백 원이었구나. 그제야 나는 갑자기 걸려온 전화 한 통의 맥락과 정황을 제대로 이해할 수 있었다. 전화를 끊고 생각하니 이게 웬 횡재인가 싶었다. 오백 원짜리 책을 사면서 그 여섯 배 값인 택배비를 안 들여도 되고, 판매자가 직접 우리 집 경비실에 맡겨두고 가겠다니 번거로울 일도 없고. 그런데 몇 분 뒤 다시 전화가 왔다. 우리 집이 자기 집 바로 옆 아파트인 줄 알았는데, 걸어서 15분 정도의 거리란 걸 방금 알았다고 했다. 어쩐지…… 일이 너무 쉽게 풀린다 싶었다.

판매자의 집은 이 동네의 번화가 쪽이었고 우리 집은 조금 더 구석에 있었다. 나는 어디든 가려면 우선 번화가 쪽으로 나가야 했으므로 다음 날 그 근처에서 만나자고 제안했다. 그렇게 약속을 잡은 후 몇 번의 통화가 더 오갔다. "근데 이미 상품 출고 중이라 주문 취소가 안 된대요. 판매자님이 품절 처리를 하시든가 해야 주문 취소가 될 것 같아요." 늦은 밤 낯선 사람이랑 여러 번 연락을 주고받는 과정이 조금은 피로하게 느껴져 그냥 택배로 보내달라고 할까 잠시 고민했다. 그런데 전화를 끊고 판매자는 바로 품절 등록을 했고, 주문이 취소되었으며, 내가 결제한 금액이 환불되었고, 다음 날 내 시간에 맞춰 나와준 덕분에 모든 것이 순조롭게 진행되었다. 봉투에 책을 넣어 롯데마트 후문에 있겠다던 말대로 그는 갈색 서류봉투를 들고 서 있었다. 단정한 옷매무새에다 선량한 인상을 지닌 중년 남성이었다. 그에게 '최상' 상태의 오백 원짜리 그림책을 건네받고 천 원을 꺼내드렸다. "오백 원짜리가 없어서요" 하며 건네자, "아, 제가 잔돈이 없는데……" 하신다. 예상한 반응이다. "잔돈은 괜찮아요. 고맙습니다"라고 빠르게 대답했다. 그는 다음에 또 이용해달라고 말했고, 나는 알겠다고, 감사하다고 인사를 하고는 버스 정류장으로 향했다.

버스를 타고 집에 돌아오는 내내 머릿속을 맴돈 건 오백 원이라는 돈이었다. 아주 오랜만에 그 돈이 크게 느껴졌다. 어릴 때만 해도 오백 원짜리 하나로 문구점에서 이런저런 군것질도 하고, 때론 인심 써서 친구에게 뭔가를 사주며 소소한 기쁨을 누리기도 했는데. 그 시절이 아득하기만 했다. 언제부터 나에게 오백 원은 하찮은 돈이 되어버렸을까. 지금은 물가가 달라져 오백 원으로 할 수 있는 일들이 거의 없기도 하지만, 어른이 되면서 씀씀이가 커지다 보니 오백 원쯤은 별것 아닌 돈으로 느껴질 때가 많은 것이 사실이다.

한편으로는 약간의 죄책감도 들었다. 이렇게 저렴한 돈으로 책을 사도 괜찮은가? 나는 분명 천 원을 주고 책을 샀지만, 그 책은 여전히 나에게 오백 원짜리 책이었다. 애초에 책정된 가격이 그랬고, 대면 거래로 바뀐 뒤에도 오백 원으로 거래하고자 한 판매자에게서 산 책이니까. 판매자를 만나고 돌아온 그날 왠지 모를 산뜻한 기운이 내내 함께했다. 책이라는 물성을 향한 한 사람의 애정과 존중과 예의 같은 것이 어렴풋하게나마 나에게 전해져서일지도 모르겠다. 그는 아마도 책을 팔아서 얻는 수익보다, 그 책이 다른 누군가를 만나 책의 생명을 연장하는 것이 더 기쁜 사람이었을 것이라고, 나는 멋대로 생각했다.

다음 날 새벽, 찬찬히 그림책을 읽었다. 기억해두고 싶은 책 속 문장들을 노트에 옮겨 적으면서 한 장면 한 장면을 깊이 들여다보니, 이미 읽었던 책이지만 새롭게 보이는 것이 많았다. 무엇보다, 전날의 경험이 이 독서를 좀 더 특별하게 만들어주었다. 나는 그저 중고책 한 권을 샀을 뿐인데, 나에게 온 건 다만 그 한 권의 책만은 아니었던 것이다. 나는 그 사실이 좋았다. 책 한 권에 담긴 이야기만큼이나, 책 바깥의 이야기도 책의 일부를 이룬다. 안과 밖의 이야기가 만나 책은 독자 개개인에게 고유한 '단 하나의 책'이 되는 것이다. 때로는 책 속의 이야기보다 책을 둘러싼 이야기가 더 강렬하게 남기도 하고, 책과 얽힌 이야기로 인해 한 권의 책이 더 귀해지는 경험도 한다. 나에게 책이란 이 양쪽의 이야기가 어우러져 만들어내는 합작품 같다.

어제의 기억 덕분에 더 각별해진 이 그림책에는 멋진 거미 한 마리가 나온다. 그는 자신의 힘으로 무언가를 만들어 누군가에게 선물하기를 좋아하던 거미였다. 점점 노쇠해가던 그 거미는, 자신이 귀하게 여기는 것들을 아낌없이 모아서, 얼마 남지 않은 자신의 시간과 에너지까지 오롯이 담아 세상에서 단 하나

뿐인 근사한 담요를 완성한다. 새로 태어날 주인집 아기에게 선물하기 위해서 말이다. 온갖 아름다운 것들이 거미의 노련하고 정성 어린 솜씨와 만나 담요의 모습을 갖춰가는 그 장면에서 나는 내가 사랑하는 또 다른 거미 샬롯을 떠올렸다. 마침내 자기 삶에서 가장 위대한 역작을 완성한 순간, 소피는 샬롯처럼 생의 소멸을 맞닥뜨린다. 그런 소멸이라면 아쉽지 않겠다는 생각이 들었다. 나 역시 소피처럼 부지런히 내 실력을 갈고닦아서 마침내 가장 필요한 곳에, 가장 필요한 때를 만나 내 시간과 에너지를 남김없이 쓰고 싶다고, 그것이면 충분하겠다고 생각했다. 한 땀 한 땀, 나만의 시간을 쌓아서 무언가를 완성할 수 있다면, 그것을 세상에 내보일 수 있다면, 내 생은 소멸인 동시에 탄생이겠구나. 소멸하면서 영원히 존재하는 것이겠구나. 이런 생각에 도달하게 되는 새벽이 어찌 충만하지 않을 수 있을까.

나는 이 새벽의 독서를 시작으로 집 안팎에서 부지런히 이 그림책을 읽어주고 또 이야기를 나누었다. 그렇게 '오백 원'에서 출발한 이 책의 바깥 이야기가 점점 더 풍성해지고 있었다.

소설은 노래를 타고

며칠 전 중고책 한 권을 주문했다. 책을 주문하고 기다리는 이 익숙한 일이 이번엔 유독 떨렸다. 책을 만나고 주문하기까지의 경로가 평소와는 조금 달랐기 때문이다. 이 책을 읽고 노랫말을 지었을, 고인이 된 누군가를 떠올리는 일은 괜스레 마음을 먹먹하게 만들었고, 세상에 덜 알려진 채 일찍이 절판된 책이 내가 알지 못할 사람들의 손을 거쳐 나에게 오고 있다는 사실은 나를 조금 들뜨게 했다. 미지의 이야기를 품은 책이 내게 오는 중이란 사실이 책을 기다리는 마음을 더 신비롭게 만든 것이다. 나는 이런 사연 있는 '이야기'를 좋아하는 사람이다. 내가 주문한 책은 한국에서 1977년과 1991년도에 출간된 후 절판되어 도서관에서도 좀처럼 구하기 어려운 어느 외국 작가의 오래된 소설이었다.

온라인으로 중고책을 구매할 때만 느끼는 긴장감이 있다. 배송을 기다리던 중 책이 없다고 일방적인 주문이 취소되거나, 내가 주문한 책과 전혀 다른 책이 생뚱맞게 도착하거나, 과연 내가 선택한 품질의 책이 맞는지 의문이 드는 책이 배송되어 온전적 때문이다. 그럴 땐 책을 기다린 시간이 무색하게 힘이 빠진다. 구매 전 품질을 택할 수 있음에도 책을 받아보기 전까지는 책의 상태를 온전히 장담하기 어려운 경우도 그런 긴장감에 한몫을 더한다. 언젠가 주문한 책에는 도서관 도장과 바코드가 그대로 찍혀 있어 기분이 찜찜했다. 그 책을 들고 다니며 읽다가 밑줄을 그을 때면, 혹시 모를 따가운 눈총에 맞서 나는 이렇게 항변해야 하리라. 이 책은 도서관 책이 아니라 제가 중고로 구매한 책이랍니다!

위에 언급한 대로 도서관에 소장되어 있던 책을 받아본 경우는 두 번인데, 그중 하나가 이도우의 소설 《사서함 110호의 우편물》이었다. 처음 읽었던 초판본을 갖고 싶어서 애써 절판된 책을 찾아내 구매했더니, '최상'이라는 품질 표시와는 달리 책 곳곳에는 다른 공부방에서 소장했던 흔적이 고스란히 남아 있었다. 표지에는 바코드가, 책등에는 청구기호가, 위 책등에는 공부방 전용 도장이 꽝 찍힌 채였다. '이게 뭐야……' 실망스러웠지만, 중고책만의 매력을 알고 있었던 헬렌 한프를 떠올리면서 마음을 달랬다. 그리고 이렇게 받아들이기로 했다. 이 책은 어느 공부방에 있다가 나에게까지 온 것이구나. '딸기원 청소년 공부방'이라니 이름도 참 예쁘네. 그곳의 아이들은 이 책을 어떻게 읽었을까? 이런 질문을 하면서 책을 들여다보자 도서관 바코드와 도서관 이름이 새겨진 도장마저 조금은 정겹게 느껴졌다. 경기도의 한 공부방에 머물다 내 서가로 찾아와준 책의 여정이 흥미롭기까지 했다.

영국의 한 헌책방과 20년간 책 거래를 하며 주고받은 편지 뭉치가 세상에 나오면서 세간에 이름을 떨친 뉴욕의 작가 헬렌 한프는 《채링크로스 84번지》에서 이런 말을 했다.

저는 전 주인이 즐겨 읽던 대목이 이렇게 저절로 펼쳐지는 중고책이 참 좋아요. 해즐릿이 도착한 날 '나는 새 책 읽는 것이 싫다'는 구절이 펼쳐졌고, 저는 그 책을 소유했던 이름 모를 그이를 향해 '동지!' 하고 외쳤답니다. (……) 저는 속표지에 남긴 글이나 책장 귀퉁이에 적은 글을 참 좋아해요. 누군가 넘겼던 책장을 넘길 때의 그 동지애가 좋고, 오래전에 세상을 떠난 누군가의 글은 언제나 제

마음을 사로잡는답니다.

나 역시 중고책은 아니지만 도서관에서 빌린 책을 통해 종종 한프와 같은 감정을 느끼곤 한다. 나보다 앞서 이 책을 빌려 간 사람이 남긴 흔적에 화가 나다가도(공공기물을 왜 이렇게 쓰는 거야?) 부끄럽지만 나 또한 책 귀퉁이를 접으려던 부분이 이미 접혔다가 펼쳐졌다는 걸 알게 될 때는 묘한 쾌감을 느낀다. 그 순간 혼자 속으로 한프처럼 '오, 동지!' 하고 외친다. 그럴 때 나는 한 번도 만난 적 없던 사람과 책 한 권을 매개로 이어진 느낌을 받는다.

쉽게 구할 수 없는 중고책을 손에 넣은 기쁨이 이런 것일까. 설레는 마음을 안고 집에 도착하자마자 조심스레 택배를 뜯었다. 옅은 녹색의 양장본 책이 모습을 드러냈다. 세월의 더께를 안고 있었지만 책 상태는 양호했다. 글씨체는 요즘엔 좀처럼 찾아보기 힘든, 진지한 표정의 궁서체였고, 내지는 살짝 바래어 있었다. 오래됐지만 잘 보관된 책이라는 걸 알 수 있었다. 책을 만지고 펼치고 구석구석 살펴보면서 이 책의 역사를, 이 책이 지나쳐온 손과 눈들을 잠깐 상상했다.

한프가 동지를 발견했다고 즐거워할 만한 메모나 접힌 흔적 없이 깔끔한 이 책은 앙드레 슈발츠 바르트라는 작가가 쓴 《고독이라는 이름의 여인》이다. 한국엔 잘 알려지지 않은 이 작가는, 1924년에 프랑스 메츠에서 태어나 1959년에 유대인들이 겪은 슬픔을 그린 소설 《최후의 정의》를 발표해 미국의 콩쿠르상을 수상한 폴란드계 유대인 작가라고 한다. 책 표지 하단에는 '밝은책'이라는 출판사 이름이 적혀 있었다. 출판사를 검색하니 1990년대 초반부터 2000년대 초반까지 출간한 17권의 책 정보가 떴으나 그중 16권의 책은 이미지조차 찾아볼 수 없었고, 저자와 역자 같은 아주 간소한 정보만 확인할 수 있었다. 이 소설의 소개도 아주 단출하다. "프랑스 작가가 노예인 바양구마이와 노예선에서 강간당해 태어난 혼혈인 딸의 고독한 삶을 그린 소설."

어쩌면 영영 모르고 살았을지도 모를 이 책을 알게 된 건 한 곡의 노래 덕이었다. 가수 장필순을 좋아해 그의 노래를 자주 듣던 나는 작년 이맘때쯤 그전에 몰랐던 또 다른 노래를 알게 되었다. 조동진이 발매한 후 장필순이 리메이크한 〈제비꽃〉이었다. 내가 태어나기도 전에 나왔지만 지금의 나에게 깊은 울림을 주는 노래였다. 그러다가 유튜브에서 원곡인 조동진의 노래까지 찾아 듣는데, 눈에 띄는 댓글 하나가 있었다. 조동진이 이 노래의 가사를 지으며 염두에 둔 작품이 루이제 린저의 《삶의 한가운데》와 앙드레 슈발츠 바르트의 《고독이라는 이름의 여인》이라는 댓글이었다.

나는 눈을 비비고 다시 확인했다. 《삶의 한가운데》는 20대 초반 나에게 가장 매혹적이고 또 강렬한 영향을 주었던 소설이 아닌가! 좋아하는 노래와 애정하는 소설의 연결고리에 흥분한 나는 당장 《고독이라는 이름의 여인》을 읽고 싶어서 알아봤지만 내가 사는 지역의 도서관에서는 구하기 힘들었으며, 이미 절판된 책이라 구매도 쉽지 않았다. 중고책을 한참 찾아보다가 흐지부지되었는지 한동안 이 책을 잊고 있었는데, 최근에 다시 그 댓글을 찾아서 잊었던 제목을 발견하고는 주문에 성공했다. 1년을 넘겨 드디어 책과 만나게 된 것이다.

영상에 달린 댓글에 따르면 조동진은 두 소설의 여성 인물들로부터 모티브를 얻어 가사를 썼다고 한다. 흥미로운 건 두 여성 모두 삶의 굴레에 맞서 적극적으로 생을 개척하는 인물이라는 공통점을 지녔다는 것. 《삶의 한가운데》의 주인공 니나가 자기 삶의 불안마저 끌어안고 뚜벅뚜벅 걸어가는 인물이라면, 《고독이라는 이름의 여인》에 등장하는 인물도 그러하단 말일 텐데, 그 사실만으로도 나는 이 소설이 너무나 궁금해졌다. 읽어보지 않아도 이미 책과 사랑에 빠진 기분이었다.

책이 도착한 날 나는 침대에 누워서 졸린 눈을 부릅뜨고서 37쪽까지 읽었다. 책의 첫 문장은 이렇게 시작된다.

옛날에 어느 이상한 땅에 바양구마이라는 이름을 가진
조그만 흑인 소녀가 있었다.

그리고 이 책의 12쪽에는 바양구마이라는 이름이 지어진 배
경에 관한 설명이 나온다.

바양구마이는 태어날 때부터 우윳빛 살갗의 배에 검은
딸기 같은 흔적이 있었다. 그것을 보고 나이 든 여자들은
무슨 비밀이라도 알아낸 듯 미소를 머금고 머리를
끄덕였다. 그래서 사내들이 탯줄을 땅에 묻고 그 옆에다
아이의 운명을 이끌어갈 나무를 심었을 때, 늙은 여자들은
그 아이가 분명히 외할머니의 재현이라고 믿어서 이름을
퐁웨라고 지어야 한다고 했다. 그러나 아이의 기다랗고
보드라운 속눈썹 때문에 바양구마이라는 이름을
새로 지어주었는데, 그것은 디올라 말로 '눈썹이 맑은
여자'라는 뜻이었다.

'눈썹이 맑은 여자' 바양구마이와 그녀의 딸이 개척해나갈
삶은 어떤 모습일까. 아직 단정하기는 이르지만, 녹록지 않았
을 이들의 삶이 나에게 분명 강렬한 인상을 남기리라는 생각이

들었다.

　그런데 문제는 이 책을 언제 다 읽을 수 있을지 알 수 없다는
점이다. 나는 일단 손에 넣은 물고기에는 밥을 잘 주지 않는 기
이한 취미를 지닌 사람이므로……. 하지만 책의 결말을 알지 못
한다 하더라도 나에게 이 책은 읽은 것이나 다름없는 책으로 남
을 것 같다. 책 안에 담긴 이야기를 읽는 것만이 독서의 전부는
아니라고 믿기 때문이다. 나는 이 책을 둘러싼 나만의 여정이
마음에 들었다.《고독이라는 이름의 여인》이라는 책이 언급된
유튜브 영상의 댓글을 찾고, 책을 구하고, 작가를 알아보던 미지
의 탐험 말이다.

　얼마 전에는 도서관에서 빌릴 책을 찾다가《파스칼 키냐르
의 말》이라는 책을 만났다. 책을 펼치자마자 이런 글이 있었다.

　《황금당나귀》. 아풀레이우스의 이 소설은 저한테는
　세상에서 가장 아름다운 것 가운데 하나입니다. 자주 다시
　읽는 유일한 소설이에요.

　이런 문장을 만나면 나는 또 가슴이 설렌다. 파스칼 키냐르
가 자주 다시 읽는다는 유일한 소설,《황금당나귀》가 너무 궁금
해지기 때문이다. 한 권의 책을 찾는 여정에서 또 다른 책을, 또

하나의 세계를 만나는 이 순간이 나에게는 큰 기쁨이다. 내가
전혀 모르는 무언가를 발견하기 위해서라도 나는 더 자주 길을
잃고 싶어진다. 책이라는 드넓은 세계에서만은 얼마든지 그러
고 싶다.

내 스카프를 지켜냈어

어제는 금정구 주민들과 함께하는 글쓰기 수업이 있는 날이라 오전부터 금사동으로 향했다. 평소보다 일찍 도착한 날이었지만, 늘 첫 번째로 오는 수강생 한 분이 어김없이 먼저 나와 있었다. 일흔일곱으로 이 수업에서 가장 연장자인 까치님이다. 언제나 열정적으로 수업에 임하는 분인데, 어제도 한 시간이나 일찍 와서 글을 쓰고 있었다고 한다.

자리에 앉아 수업 준비를 하고 있는데 까치님이 방금 쓴 글을 들어보라며 읽어준다. 나무 사진을 찍어 오는 숙제를 하려다가 발견한 떡 봉지에 관한 글이었다. 누가 곰팡이 핀 떡을 한가득 비닐봉지에 담아 나무 아래에 버리고 갔다는 것이다. 먹지 않을 거면 사람들에게 나눠주기나 하지, 귀한 음식을 그 모양으로 버려놓은 모습에 화가 났다는 까치님은 버려진 떡 봉지를 챙겨 와 곰팡이를 깨끗하게 씻어내 햇볕에 말려두었다고 했다.

설마 떡이 아까워 곰팡이를 씻어내고 먹으려는 건가 싶어 내심 놀랐는데, 이어지는 글에서 '잘 씻어 말려서 음식물 쓰레기로 버리려'는 계획을 듣고는 낯이 좀 뜨거워졌다. 내 예상이 빗나가서이기도 했지만, 무엇보다 내가 매일 같이 저지르는 행동이 떠올라서다. 혼자 살기 시작한 후로 제때 다 먹지 못해 버리는 식재료가 늘어나 음식물 쓰레기를 버릴 때면 늘 죄책감을 느끼곤 했다. 나야말로 곰팡이 핀 음식들을 그냥 음식물 쓰레기통에 버린 전적이 적지 않은데……. 그 사람을 직접 만난다면 귓방망이를 한 대 때려주고 싶더라는 말을 들을 땐 겉으로 웃었지만 속으론 나도 모르게 움찔했다.

남이 버린 쓰레기를 저렇게 고이 챙겨 가는 행동은 어떻게 가능한 걸까. 욕지기가 올라오는 데도 차마 못 본 체하지 못하고 챙기는 그 마음은 어떻게 낼 수 있나. 나는 무엇보다 분노를 분노로만 끝내지 않은 그 태도가 놀라웠다. 봄을 맞아 나무가 변하는 모습을 관찰한 후 글과 그림으로 표현해보자고 내어준 숙제에서 이런 글을 만나게 될 줄이야. 이건 작은 일화에 불과할 뿐, 나는 가르치는 자격으로 글쓰기 반 수업에 가서는 이날처럼 남몰래 배우고 받고 올 때가 더 많다.

같은 부산권임에도 이름조차 낯선 이 동네에 여러 권의 책을 짊어지고 첫발을 디딘 게 작년 7월이었다. 그때부터 금사동 도시재생센터인 '정든 금사랑방'에서 주민들과 매주 목요일에 만나 글쓰기 수업을 하고 있다. 처음엔 '글쓰기'를 '글씨 쓰기'로 착각해서 캘리그래피를 배우는 줄 알고 오셨다는 참가자들이 지금은 누구보다 열성적으로 참여하는 우등생이 되었다. 좀처럼 익숙해질 것 같지 않던 동네 풍경도 몇 계절을 오가는 사이 어느새 정겨워졌다. 각자가 지닌 이야기보따리를 마음껏 풀어내며 울고 웃고 집중하고 경청하다 보면 두 시간은 훌쩍 지나갔다. 함께한 시간만큼 켜켜이 쌓인 이야기들은 이 수업 구성원들을 더욱 끈끈하게 이어주는 힘이다.

이번 기수의 수업은 조금 긴 호흡으로 진행되는 터라 수업 구성도 조금 더 다채롭게 꾸렸다. 나들이도 가고 그동안의 글을 모아 문집도 만들고 한 권의 책을 온전히 읽어도 보는 걸로. 특히 이번엔 읽기 활동을 더 적극적으로 해보고자 조금 무리해서 몇 권의 책을 인원수대로 구입하기까지 했다. 복사해서 읽는 짧은 글이 아니라 제대로 된 한 권의 책을 같이 읽어보고 싶어서였다. 매시간 고귀한 삶의 이야기를 들려주는 사람들과 책 읽고 나눌 이야기가 기대됐다.

그중 첫 번째 책이 유은실의 동화 《우리 동네 미자 씨》였고, 어제가 바로 그 책을 읽고 만나는 날이었다. 한 주에 한 권을 읽어 오는 게 부담은 안 되었을지, 어떻게 읽었을지……. 궁금한 만큼 염려도 되었다. 마침 본인 글을 다 읽은 까치님이 이어서 책 감상을 들려주었다. 이 책을 무려 세 번 읽고는 오늘 수업 오는 길에 또 절반을 읽었다며 말문을 열었다. 너무 현실적이고 공감이 가서 읽을수록 좋았다는 말을 듣자마자 나는 가슴이 좀 뛰었다. "어디가 좋았어요?" 묻고 싶어 입이 근질거렸다.

시간이 흐르고 수강생들이 하나둘 도착해 책 이야기를 나누기 시작했다. 신기한 건 이 책을 한 번만 읽어 온 사람이 한 명도 없었다는 것이다. 모두 여러 번 읽었고, 시키지 않은 독후감을 써 온 사람도 있었다.

"처음엔 웃음이 났는데 계속 읽다 보니 마음이 찡하고 공감도 되면서 좋았어요. 너무 현실적이기도 하고. 지금도 어딘가에는 미자 같은 사람이 살고 있다고 생각해요."

"부식 차 장수를 좀 미리미리 챙겼으면 좋았는데 미리 안 챙겨가지고 장가를 가버렸다 아이가. 아유, 진작 좀 챙겨보지……. 미자가 실망하는데 내 마음이 다 아프더라."

"미자 씨가 참 안됐다는 생각이 들고 마음이 서글펐어요. 동네 아이들은 아직 결혼도 안 한 처녀 미자를 아줌마라 부르기도 하고 동네 어른들은 '미자야'라고 부르면서 제대로 어른 대우를 안 해주잖아요. 그래도 성지라는 아이가 미자한테 짜증을 내면서도 의지하고 도와주며 살아가는 게 보기 좋았어요. 동화인데도 읽으면서 생각이 묘해지더라고요."

"동태찌개 만들다가 싸워서 성지가 나갔는데, 미자가 성지 몫의 밥 한 그릇 따로 마련해둔 것이 그래도 어른은 어른이다 싶었어요. 미자가 좀 어리숙하고 푼수 같아 보여도 어른스러운 구석이 있어요."

"2% 부족하지만 인간적인 미자의 삶에 가슴이 먹먹하대요."

"동화인데도 나이를 막론하고 초등학교 어린아이들부터 우리 나이까지, 어느 나이든 다 읽어보면 좋겠다고 생각했어요."

"여우 목도리가 압권이었어요. 미자가 하도 없이 사니까 이거라도 둘러보라고 순례 할머니가 주고 갔는데, 동네 사람들은 도대체 그 목도리를 왜 미자한테 줬을까 궁금해하지만 사실은 왜 자기한테 안 줬을까, 하고 서운한 마음이 컸던 거예요. 그런 복잡한 심경을 이 책이 잘 그려냈어요."

"동화가 따뜻하고 재미있으면서도 현대 사회의 어두운 단면을 잘 담고 있어요. 독거 세대와 결손 가정 어린이. 두 사람의 인간적인 관계를 통해서 이런 문제를 따뜻하게 풀어낸 것 같아요."

동화 한 편을 저마다 다르게, 깊이 읽어내는 안목에 내심 놀랐다. 어느 이야기도 놓치고 싶지 않아 수강생들의 말을 나만 알아볼 수 있는 날림체로 빠르게 받아쓰기 시작했다. 받아 적으랴, 응답하랴 내 정신과 손은 분주하지만 그때만큼은 피가 빠르게 돌면서 모든 감각이 깨어나는 느낌이다. 수업하며 내가 가장 기쁜 순간은 이렇게 내가 골라 간 책이 사람들의 내면 어딘가에 닿아 활짝 피어날 때다. 요즘은 이런 벅찬 감정을 느끼는 순간이 많다. 그럴 때면 나도 모르는 새 꿈을 이루었구나, 싶어 감사한 마음이 든다. 맞다. 이건 내가 오래 꿈꿔온 삶이다. 책 읽고 사람들과 만나는 일을 업으로 삼아 생계를 꾸리는 것.

그동안 곳곳에서 책으로 사람들을 만나왔고 지금도 만나고 있지만 그건 어디까지나 생업 아닌 취미의 영역이었다. 이제는 책이 좋아 자발적으로 모이는 사람들 말고 다른 사람들을 만나보고 싶다는 갈망이 일었다. 평생 책에는 큰 관심 없이 살아온 사람들에게 책으로 말을 건네고 생활의 이야기를 나누는 것. 실현 가능성이 크지 않다고 생각해서 막연한 꿈으로만 품고 있었는데, 정신을 차리고 보니 그 꿈이 하나둘 이루어지고 있었다. 어떻게 된 일일까? 요즘은 내 안에서 떠오르는 이런 질문들을 자주 들여다본다. 얼마 전 《건지 감자껍질파이 북클럽》을 읽다 만난 이런 대목에서 약간의 단서를 발견한 것도 같다.

혹시 새로운 누군가에게 눈을 뜨거나 마음이 끌릴 때,
갑자기 어디를 가건 그 사람 이름이 튀어나오는 걸
알아챈 적이 있나요? 내 친구 소피는 그것을 우연이라
부르고 나와 친한 심플리스 목사님은 은총이라 하십니다.
목사님의 설명을 빌리면 새로운 사람이나 사물에 깊은
관심을 기울이면 일종의 에너지를 세상에 내뿜고, 그것이
'풍부한 결실'을 끌어당긴다고 해요.

생각해보면 내가 한 일이라곤 저게 전부였는지도 모르겠다.
무언가에 푹 빠져서 나도 모르게 어디서건 그 사람(작가) 이름
이나 그것(책 제목)이 불쑥불쑥 튀어나오는 상태로 긴 시간 살
아온 것. 나에게는 특정 주제나 관심사에 예민하게 반응하는 센
서가 있는데, 주변 사람들은 그럴 때 내 눈이 아주 초롱초롱해
지고 생기가 돈다고들 말한다. 힘없이 있다가도 갑자기 눈을 빛
내며 말이 많아진다는 것이다. 종합해보면 나는 매번 내 마음을
쥐고 놔주지 않는 어떤 책들에 깊은 관심을 기울이면서 일종의
에너지를 내뿜었고, 그것이 외부와 만나 '풍부한 결실'을 끌어당
긴 것이 아닐까 싶다.
  어떤 마음을 오래 품고 살면, 그것을 귀하게 간직하고 살면
그것과 어떤 식으로든 조금씩 가까워지게 된다. 심플리스 목사

님이 '은총'이라 표현한 그것에는 무언가를 끌어당기는 강렬한 힘이 있는 것이다. 그 힘을 믿으며 살아가는 나에게 이런 책들은 더없이 귀하다. 그러니까 불가능해 보일지라도 기어이 꿈을 꾸고 염원하고 그것에 한 발 한 발 다가가고자 하는 존재들을 비추고 응원하는 책 말이다.

얼마 전 만난 세 권의 동화가 모두 그런 책이었다. 숨이 다하는 마지막 순간까지 꿈꾸기를 포기하지 않았던 산란계 '잎싹'(《마당을 나온 암탉》), 외딴섬에 떨어졌지만 사랑하는 아내가 있는 집으로 돌아갈 수 있다는 희망만은 끝끝내 놓지 않았던 생쥐 '아벨'(《아벨의 섬》), 고아원에서 탈출한 후 자신을 입양해줄 부모를 스스로 찾아 나선 '라스무스'(《라스무스와 방랑자》)까지. 잎싹과 아벨과 라스무스의 꿈은 마침내 모두 이루어진다. 이루어졌다기보다는 스스로 이루어냈다고 말하는 게 더 옳을지도 모르겠다. 끊임없이 꿈꾸고, 계속 시도한 끝에 그 꿈에 가닿게 된 것이기 때문이다. 난 이것을 동화 같은 결말이라고 생각하지 않는다. 그보다는 꿈꾸는 자의 편에 선 작가의 따스한 지지라고 말하고 싶다. 때때로 상상해본 적 없는 일이 펼쳐지기도 하는 것이 삶이지 않은가.

이 중에 최근 내 마음에 가장 큰 '은총'을 내린 책은 윌리엄 스타이그의 《아벨의 섬》이다. 갑작스러운 사고로 외딴섬에 떨

166

어진 아벨의 홀로서기와 귀가 여정을 그린 이 책은, 동화가 이룰 수 있는 성취를 깊이 있게 보여준다.

부유하고 안락한 삶을 즐기던 아벨이 낯선 섬에서 맞닥뜨린 생활은 혹독했다. 그 여정에서 아벨은 외면과 내면이 모두 달라진다. 체면을 중시하던 그는 사라지고 어느새 지저분한 행색으로 자유롭게 대지를 활보한다. 잊고 있던 밤하늘의 별과 다시 소통하고, 자기 안의 재능을 발견하고서 예술 활동에 혼신의 힘을 쏟는다. 아벨의 이런 변화는 자신이 옳다고 여겨온, 중요하게 생각해온 많은 것들을 내려놓음으로써 가능해질 수 있었다. 그저 받아들일 수밖에 없는 상황이 그를 새로운 삶으로 이끈 셈이다. 그러니 이 동화는 자기를 내려놓고 주어진 삶을 힘껏 끌어안는 이야기이면서, 불운이라고 여긴 일이 실은 커다란 삶의 기회라는 역설을 보여주는 이야기이기도 하다. 내가 아픈 몸으로 인해 어쩔 수 없이 포기하고 또 받아들여야 했던 것들이 나를 예상한 적 없는 새로운 삶으로 이끌어주었던 것처럼. 나는 아벨이 겪는 시련과 변화에서 내 모습을 만났고, 그에 깊이 공명했다.

아벨은 섬에서 생활하며 많은 것들에 초연해진다. 그럼에도 그가 끝끝내 타협 없이 지켜내는 것이 있는데, 바로 사랑하는 아내 아만다의 스카프다. 자신을 이곳으로 오게 만든 스카프지만, 그는 그 물건에서 원망이 아닌 그리운 아내를 향한 사랑만을 떠올린다. 자신의 몸과 옷차림은 때 묻고 지저분해질지언정, 그 스카프만은 처음 모습 그대로 깨끗하게 보관한다. 이것이 그가 사랑을 실천하는 방식이었고, 삶을 대하는 자세였다. 나는 아벨에게서 내가 따라 살고 싶은 귀한 태도를 배웠다.

동화는 "당신의 스카프를 가져왔어"라는 아벨의 말과 함께 끝이 난다. 그건 죽을 위기를 여러 번 넘기고 간신히 귀가한 아벨이 아내와 진한 키스를 나누고 꺼낸 첫말이었다.

생각해보면, 나는 아벨에 비해 부족한 게 많은 인간이긴 해도 희망을 놓지 않았다는 점만은 그와 닮았다. 내가 소중하게 생각하는 것을 지켜내려 애써왔다는 것도. 귀한 것을 귀하게 지켜내려는 마음속 의지는 절망적인 상황 속에서도 희망을 놓지 않게 한다. 그리고 삶이 비로소 바뀌는 때에, 망설임 없이 그 흐름에 몸을 맡길 수 있는 직감과 용기를 준다. 될까? 될 거야, 가자!

그 끝에서 나는 아벨처럼 당당하게 이렇게 말하는 모습을 상상한다. 그의 대사를 약간 변주하여, "마침내 내 스카프를 지켜냈어"라고 말이다. 나는 꾀죄죄하고 지저분해졌을지 몰라도, 나에게 소중한 이 하나만은 깨끗하게 지켜냈어.

여전히 책과 함께 공상에 빠지면서, 눈을 반짝이면서, 좋은 이야기를 곁에 있는 사람들과 나누면서 살다 보면 어느 순간 그 상상이 현실이 되리라 믿는다. 그런 일이라면 나는 조금 자신이 있다.

도서관이 사라진 세상

가끔 도서관이 없는 세상을 상상하면 한없이 아득해진다. 영화관이 사라진다면 아쉬움을 느끼긴 해도 사는 데는 큰 지장이 없을 것 같은데, 도서관이 없어진다고 생각하면 도무지 낙관적인 미래가 그려지지 않는다. 분명 과거 어느 때엔 그런 시절이 있었고, 그때도 사람은 어떤 식으로든 살았을 텐데 나로서는 도무지 그런 일상을 상상하는 것이 쉽지 않다.

 가까운 거리에 도서관이 없고, 겨우 도서관을 찾아가서도 원하는 책을 빌리기 어려웠던 과거에 애서가들은 어떻게 살았을까. 그 과정을 엿볼 수 있는 책인 《채링크로스 84번지》에는, 작가가 한겨울 추운 도서관에 앉아서 책을 다 읽고서야 집으로 돌아갈 수 있다고 푸념하는 내용이 나온다. 원하는 책을 마음껏 빌려 볼 수 없던 가난한 작가 헬렌 한프는 결국 머나먼 영국의 헌책방에 책을 주문했다. 그 덕분에 타국의 헌책방 식구들과 특별한 우정이 시작될 수 있었고, 그것이 책 출간으로 이어져 작가로서 한프의 명성을 드높여주었지만 그럼에도 어쩐지 아쉬운 마음은 사라지지 않았다. 그녀가 도서관의 혜택을 마음껏 누릴 수 있었다면 어땠을까. 그러니까 도서관은 도서관대로, 헌책방은 헌책방대로 함께 이용할 수 있었다면 생계 부담도 줄이면서 더 즐거운 독서 생활을 할 수 있었을 텐데. 어쩌면 더 좋은 책을 쓰게 되었을지도 모를 일이고.

물론 이건 그저 내 생각일 뿐이다. 어떤 풍요는 귀함을 쉬이 망각하게 하듯이, 어떤 결핍은 삶을 더 충만하게 만든다는 걸 나 역시 모르지 않는다. 그 덕에 그녀가 책을 대하고 읽는 마음은 요즘 사람들보다 훨씬 더 깊고 애틋했을 것이다. 그리고 그 속에는 분명 부족함 없이 사는 지금의 내가 누리기 어려운 또 다른 즐거움이 있었을 것이다.

당연하게도 지금은 헬렌 한프가 살던 시대와는 많은 것들이 달라졌다. 조금만 부지런을 떨면 도서관을 통해 빌려 보지 못할 책이 없을 정도다. 도서관에서 누릴 수 있는 혜택을 충분히 누리며 살아가던 나는 언제까지고 이 생활이 계속될 거라고 여겼다. 그 일이 있기 전까지는 말이다.

때는 2020년 초, 부산에 코로나19 확진자가 발생하면서 부산시 도서관 전체가 잠정 휴관을 결정하게 되었다는 소식이 전해졌다. 바이러스도 두려웠지만 기한이 정해지지 않은 도서관의 휴관도 근심을 키웠다. 반납 도서를 챙겨 도서관에 갔다가 눈앞에서 도서관이 문을 닫는 모습을 지켜보았던 그날의 충격과 당혹감은 지금도 꽤 생생하다. 그로부터 1년 뒤에는 '백신패스'라는 이름으로 백신 미접종자에 한해 도서관 출입과 이용에 제한을 두는 정책이 시행되었다. 그건 도서관 이용자로서 맞은 두 번째 위기였다. 건강 문제로 치료를 받고 있던 나는 고민 끝에 백신을 접종하지 않기로 결정했고, 지금까지 백신 미접종자로 살고 있기 때문이다.

백신 미접종자로서 음식점과 카페, 영화관 등 다중이용시설 출입에 제한이 생긴다는 소식에는 큰 타격을 받지 않았지만, 도서관을 자유롭게 이용할 수 없게 되어버린 현실 앞에서는 정말 막막해졌다. 도서관은 내가 그 어떤 곳보다 자주 들르는 곳이 아닌가. 책을 빌리고 반납하러, 읽으러, 구경하러, 필요한 자료를 찾으러, 책의 정기를 받으러 언제든 편히 드나들던 곳이었는데. 특정한 책을 빌리겠다는 목적 없이 그저 마실 삼아 휴식 삼아 들르던 방앗간 같은 곳이었는데……. 나 한 사람이 정부의 결정을 어떻게 바꿀 수 있겠는가. 그저 받아들이는 것 외에 다른 대안이 없었지만, 그러고도 일상은 변함없이 흘러갔지만, 백신 패스 시행이 다가올수록 내 마음은 점점 심란해졌다.

전염병 확산 초기, 부산 소재 도서관이 모두 휴관하고 얼마 후 '드라이브 스루'(라고 부르지만 사실상 워킹 스루에 가까웠다. 한 번도 차를 몰고 이용한 적은 없고 걸어가서 책을 받아 왔으니까)라는 제도를 통해 원하는 도서를 대출해주는 서비스가 이루어졌다. 당시만 해도 모두가 함께 겪는 일이라 현실을 수긍하는 데 별다른 어려움이 없었고, 그저 감사한 마음으로 제공되는 서비스를 이용했다. 반면 2021년 말부터 시작된 백신패스 제도는 미접종자들을 위한 대안이 전혀 마련되지 않았고, 특정한 사람에게만 허용되는 이용 제한이었으며, 이런 불편함을 구실로 내 의사와 관계없는 어떤 선택을 종용받고 있다는 느낌 때문에 불편했다. 솔직히 말하자면 불쾌했다. 그래도 현실을 바꿀 순 없으니, 이 사실을 받아들이고 적응해야 했다.

불행 중 다행인지, 얼마 후 음성 확인서가 있으면 도서관을 이용할 수 있다는 사실을 알게 되었다. 한줄기 희망과도 같은 소식이었다. 백신패스가 처음 시행되던 날, 이른 아침부터 보건소로 향했다. 그렇게 2021년 12월부터 한동안 내 일상에서는 '도서관 이용을 위한 보건소 방문'이 중요한 일정으로 자리 잡게 되었다. 보건소 앞은 나처럼 음성 확인서가 필요한 사람들부터, 접촉자로 분류된 사람들까지 뒤섞여 오전 일찍부터 붐볐다. 대천천 가에 길게 늘어선 줄에 합류해서, 차례를 기다리고 검사를 받은 후 집으로 돌아갔다. 걱정했던 것보다 어렵지 않다는 생각에 안도하다가, 추운 날 이렇게까지 할 일인지 푸념하다가, 그래도 대안이 있어 다행이라며 마음을 다독였다.

일주일에 두세 번씩 보건소를 오가면서 그 상황에도 차차 적응이 되어갔다. PCR 검사를 받던 초반엔 이튿날 개별적으로 '음성 확인 문자'가 도착하는 시스템이라 비교적 편리했다면 얼마 후부터 시행된 신속항원검사는 조금 더 번거로웠다. 수기로 개인정보를 작성한 후 접수를 하고, 보건소 직원 앞에서 본인이 직접 자가 키트로 검사해야 했으며, 검사 후 15분을 기다려서 음성 확인서를 받아 가야 했기 때문이다. 그래도 대개 30분 정도면 모든 과정이 마무리되었다. 그때부터 48시간은 자유롭게 도서관을 이용할 수 있었다. 결과지를 손에 쥐고 도서관으로 향할 때면 어찌나 마음이 든든해졌는지 모른다.

도서관을 포함한 다중이용시설 백신패스 제도는 2022년 1월 28일을 기점으로 해제되었다. 이로써 도서관 출입을 위한 나의 검사 여정도 끝이 났다. 길지 않은 기간이었지만, 난생처음 겪은 상황이었기에 그 잔상은 생각보다 오래 남았다. 그 후로 자유롭게 도서관 출입문을 지날 때마다 나는 가끔 그 시간들을 떠올린다. 꼬깃꼬깃한 음성 확인서를 주머니에서 꺼내, 출입문을 지키던 담당자에게 보여주고서야 도서관에 들어갈 수 있었던 때를. 그래서인지 이제는 지금의 일상이 당연하게만 느껴지지 않는다. 언젠가 또다시 이 생활에 변화가 올지 모른다는 생각도 든다. 그래도 큰 걱정은 없다. 헤쳐나갈 길은 반드시 생길 테니까.

무엇보다 그 경험은 나에게 번거로운 일조차 기쁜 마음으로 받아들이게 만드는 세계가 있다는 걸 알게 해주었다. 추위에 진저리 치고 귀찮은 일이라면 어떻게든 피하고 싶어 하는 나 같은 사람이 겨울날 그 걸음을 반복했다는 사실을 떠올리면 괜히 기분이 좋았다. 소중한 것을 위해서라면 어떻게든 방법을 찾고, 실행하고, 돌파해나가는 사람이 나라는 것을 확인하게 되어서일까. 스스로에게 실망할 때도 많지만 그래도 이런 기억들이 나를 더 신뢰하게 만들어주는 것 같다.

그 시간을 지나며 변치 않은 생각 하나. 도서관은 누구에게나 열린 공간이어야 한다는 것! 누구든 환대하는 그 너른 품 안에서 나는 나를 더 신뢰할 만한 사람으로 가꾸어나갈 것이다. 더 치열하고 더 즐겁게 책들 사이를 여행하면서.

가치보다 재미

아이들과 독서 수업을 하며 가장 난감한 순간은 어느 누구도 선뜻 입을 떼려 하지 않을 때다. 특히 초창기엔 그런 상황이 더 자주 찾아왔다. 아직 서로가 조금은 어색해서, 책을 읽고 어떤 말을 해야 할지 잘 모르겠어서 다들 입을 꾹 다물고 있는 것이다. 그때마다 어떻게든 아이들 말문을 열어보려고 애를 쓰다 보면, 수업이 끝나자마자 기운이 쑥 빠졌다. 지금도 종종 그런 '마의 시간'이 찾아오지만, 처음에 비하면 비교적 편안한 분위기에서 여러 이야기가 오가는 편이다. 함께한 시간이 쌓인 결과일 거라 생각한다.

함께 읽은 책의 성격이나 그날의 기운에 따라 수업의 분위기는 매번 달라진다. 그런 것에 너무 휘둘리지 말아야겠다고 생각하면서도 그에 무심해지기란 여전히 쉽지 않은 일이다. 그러다 보니 말문이 터진 아이들이 왁자지껄하게 떠들어대는 때가 그렇게 반가울 수 없다. 그런 분위기는 일부러 만들어낼 수 있는 것이 아니라 여러 가지 것들의 우연한 조화 속에서 가능해지는 것이기에 더 귀하다.

이번 달에도 그렇게 반가운 때가 있었다. 윌리엄 스타이그의 동화 《진짜 도둑》으로 이야기를 나누는 시간이었다. 아이들은 저희끼리 토론에 불이 붙어서 서로 목소리를 높였다. 그저 우기기에 가까운 모양새로 주장을 밀어붙이고, 편을 나누어 세력 싸움을 펼치는가 하면, 서로를 어이없어하다가 다 같이 웃음을 터뜨리기도 했다. 토론이 너무 과열될 때면 잠시 진정시키지만, 대부분은 내버려둔다. 자기 목소리를 내는 아이들 하나하나가 그저 예뻐 보여서다. 가끔 아이들이 토론(이라고 불러도 될지는 모르겠지만)하는 모습을 보면, 좀 더 논리적으로 자기 생각을 펼치거나 합당한 근거로 주장을 뒷받침하는 법 같은 걸 가르쳐야 하는 건 아닌가 싶은 생각도 든다. 하지만 그 순간 수업이 활기를 잃고 경직되어버릴 걸 생각하면 쉽게 엄두가 안 난다. 그냥 이렇게 책을 읽고 이야기 나누는 것이 생각보다 재미난 일이란 걸 아이들이 겪어보는 것만으로도 충분하다는 생각이 든다. 나와 다른 의견을 가진 상대를 설득해보거나 더러는 그 반대의 경험을 해보는 것만으로도 배우는 바가 있을 것이라 믿는다.

치열한 대화가 오간 날이면 아이들은 꼭 "오늘 수업에서 이야기 나눈 게 재미있었어요"라고 말한다. 그럴 땐 조금 무책임하게 들릴지는 몰라도, 재미있으면 된 거지 싶어 다른 욕심을 내려놓게 된다. 아이들이 자기 생각을 더 논리적이고 단련된 언어로 표현할 수 있다면 물론 좋겠지만, 이 상태로도 문제 될 건 없다. 더 솔직해지자면 나는 아이들의 정제되고 정돈된 말과 글보다는, 논리는 조금 빈약하더라도 자기 개성이 살아 있는 말과 글을 만날 때가 더 재미있다. 어딘가 좀 엉성하고 부족하지만 왠지 납득되는 그 빈틈의 논리가 더 사랑스럽다고 할까.

지금도 종종 떠오르는 장면이 있다. 고등학교 2학년 겨울방학, 부산의 한 인문학 서원에서 주최하는 캠프에 참여했을 때다. 캠프에는 자발적으로 원해서 온 학생뿐 아니라, 입시에 도움이 된다는 이유로 참여한 학생도 있었다. 들어보니 일부 학교에서는 상위권 성적을 가진 아이들에게만 캠프에 참여할 수 있는 기회가 주어졌다고 했다. 그러다 보니 이런 인문학 캠프에 조금이나마 관심이 있는 아이들과 전혀 그렇지 않은 아이들이 섞인 모양새였다. 그런데 막상 일정이 시작되자 관심이 있어서 왔다는 아이들조차 별다른 재미를 느끼지 못하는 분위기였다. 대강당에서 인문학 강의가 차례로 진행되는데, 대부분의 아이들은 시큰둥한 자세로 시간을 때우듯 앉아 있었다.

그때였다. 서원의 대표 선생님은 기대와 다른 학생들의 모습에 화가 났는지 갑자기 단상에 올라 마이크를 쥐고는 이런 식 (이렇게 수동적이고 비협조적인 태도!)으로 하면 이 캠프를 당장 취소할 수도 있다며 으름장을 놓았다. 선생님은 우리가 이 자리에 모인 의미와 인문학 공부의 가치에 대해 열띤 말을 늘어놓았다. 물론 그 이야기에 감응하는 아이는 많지 않았던 것 같다. 그럼에도 우리는 선생님의 그 강렬한 포스에 압도되기는 해서, 옷매무새를 다듬고 자세를 바로잡기 시작했다. 대열을 맞춰 자리를 조정하고, 허리를 바로 펴고, 눈을 더 크게 뜨면서 집중하는 제스처를 취했다. 한순간에 바뀐 아이들의 그 과장된 태도가 시간이 지나고서도 종종 떠올랐다. 그 기억의 하이라이트는, 때맞춰 강당을 가득 채운 빅뱅의 〈붉은 노을〉을 들으며 다 함께 단상 위로 올라가 우리를 찍고 있던 카메라를 응시하며 열정적인 모습을 연출하던 장면이다.

그날 느낀 그 감정의 정체가 무엇인지 별로 깊이 생각해보지 않았는데, 이상하게도 아이들과 수업을 하면서 그 기억이 되살아날 때가 많았다. 그때마다 '가치'만으로는 무언가에 다가서는 것이 어려울 수도 있겠다는 생각이 들었다. 가치는 중요하지만 그것이 항상 삶의 다른 요소에 우선하는 건 아니다. 아이들이 집중하지 않는 건 그것이 가치 없어서라기보다는 재미가 없기 때문이거나 그다지 공감이 가지 않아서일 수 있다. 그러니 아이들의 태도에서만 문제를 찾을 게 아니라, 이전과는 다른 접근 방법을 탐구하는 노력이 필요한 것일지도 모른다. 생각해보면 나 역시 거창한 가치나 주의 주장 앞에서는 언제나 쪼그라드는 기분이 들었던 것 같다.

물론 나 또한 독서 수업을 하면서 종종 비장한 마음이 될 때가 있다. 이런 의미 있는 주제로 수업해보고 싶다는 생각이나, 내가 중요하게 여기는 가치관이나 시선을 아이들에게 가르치거나 전해주고 싶다는 마음에 사로잡히는 때가 주기적으로 찾아온다. 그런데 그런 수업은 대개 아이들의 호응이 크지 않았던 것 같다. 그때마다 기대와 어긋나는 반응에 씁쓸해지곤 한다. 소통에 실패한 건 나인데 '왜 아이들 반응이 이럴까' 실망하며 화살을 내가 아닌 아이들에게 돌릴 때도 있었다. 이 생각의 회로를 깨달을 때면 번쩍 정신을 차리고 상기한다. 거창한 의미나 가치는 나중에 와도 된다고. 아니, 그것이 꼭 없어도 문제 될 건 없다고. 그보다는 재미와 소통이 우선이라고.

이수지 작가의 자전적 그림책인 《나의 명원 화실》에는 '진짜 화가'에게 그림을 배우고 싶어 동네 미술학원에 찾아간 어린 주인공이 나온다. 아이는 그곳에서 아무것도 가르치지 않는 선생님을 만난다. 아이는 '무위'의 가르침을 실천한 그 진짜 화가를 오래도록 가슴에 품고 살았다. 그저 자신이 그린 그림과, 그림을 대하는 자세만으로 무언가를 보고 느끼게 해주었던 그 선생님을. 박연준 시인에게서도 비슷한 이야기를 들은 적이 있다. 본인이 유일하게 스승으로 여기는 김사인 시인에게서 자신은 결코 어떤 가르침도 받은 적이 없다고 했다. 선생님은 자신과 다른 제자의 스타일을 그저 그대로 두고 제 길을 가게 했다고 한다.

뭘 하겠다는 목적의식에 사로잡히면 오히려 그 목적으로부터 멀어진다. 잘해보려는 마음이 그 일을 도리어 망치는 것처럼 말이다. 내 안에서 그런 마음이 꿈틀댈 때면, 《나의 명원 화실》에서 주인공이 만난 진짜 화가 선생님을 떠올린다. 아이들에게 무언가를 가르치기보다 함께 즐거운 시간을 만들어나가는 것이 나에겐 더 중요하다고, 그러기 위해 좋은 길잡이가 되는 것이 내 역할이라고 스스로에게 이야기한다. 이 만남은 우리가 더 훌륭해지기 위해서가 아니라, 삶의 어느 순간에 꺼내 먹을 수 있는 작은 쿠키 같은 기억을 차곡차곡 쌓는 데 있다고, 나에게 말한다.

소소한 마음

내가 운영하는 독서교실 이름은 '소소'다. 작을 소(小) 두 개가
나란히 붙었을 때 '작고 대수롭지 않다'는 뜻이지만 밝을 소(昭)
두 개가 만났을 땐 '밝고 환하다'는 뜻을 지닌 말이라고 한다. 단
어의 뜻을 찾아보고서 이 말이 더 좋아졌다. 작고 대수롭지 않
은 것에서 밝은 기운을 얻을 때가 많아서인지 내게는 두 개의
뜻이 마치 한 단어에 잘 포개져 있는 느낌이다.

　부모님이 정해주신 이름 말고, 내가 정한 이름으로 불릴 때
의 기분은 또 남다르다. 나는 동네에서는 열매라는 별명으로 불
리고, 독서교실을 운영하면서는 소소 선생님으로 불린다. 이름
이란 본디 누군가에게 불리고자 하는 소명을 가지고 있다는 것

을 아는 건지, 학부모님 중에서는 유독 이 이름을 잊지 않고 불러주시는 분들이 있다. 독서교실 이름을 줄여 늘 '소소'라고 부르거나, 독서교실 앞에 꼭 소소를 붙여 '소소 독서교실'이라는 풀네임으로 부르는 것이다. 가끔은 '소소 책방'이라고 부르는 바람에 독서교실이 한순간 책방으로 뒤바뀌기도 하지만, 그런 소소한 실수쯤이야 무슨 상관이랴 싶다. 그저 이 작은 이름을 존중해주는 마음이 감사할 뿐이다. 나 역시 매달 학부모님들에게 '소소 독서교실입니다'로 시작하는 일지를 보내며 내가 쓰는 이 말의 의미를 되새긴다. 작고 소박하게, 내 자리에서 내가 할 수 있는 만큼 정성 들여 이 밭을 가꾸어나가자는 마음을 다진다.

소소라는 두 글자를 떠올리면 이상하게도 내 안의 무언가가 가득 차오르는 기분이다. 언제부터인가 이 단어대로 살고 싶어졌다. 특별한 계기라기보다는 누군가 혹은 어떤 것을 깊이 좋아하다 보니 이런 마음을 품게 되었다. 내가 닮고 싶은 사람들은 대개 이런 마음으로 한 존재를 고결하게 대함으로써 자신의 삶역시 고결하게 살아낸 이들이었다.

내가 사랑하는 두 사람, 권정생과 아스트리드 린드그렌은 국적과 성별, 나이와 살아온 환경이 다 다르지만 이런 차이를 허물어뜨릴 만큼 공통점도 많다. 한평생 어린이를 사랑하는 마음으로 글을 썼고, 가난하고 어려운 이들에게 아낌없이 베풀었으며, 부와 명예 속에서도 검소한 생활을 하면서, 일생을 본인들이 책으로 전한 메시지대로 살았다는 점이 그러하다. 이들은 자기 앞에 닥친 시련을 온몸으로 충실히 겪어내며 고통 속에서 아름다운 이야기를 피워냈다. 인간이 일으킨 전쟁과 부조리한 세태에 분노하면서도 삶이 더 나아지리라는 희망만은 놓지 않고 살았다. 아스트리드가 평생을 지지해온 정당을 향해 적나라한 비판을 가할 줄 알았다면, 권정생은 독실한 기독교 신자이면서도 한국 교회의 모순과 부조리를 거침없이 비판했다.

나는 두 사람이 살아온 삶을 따라가면서 어린이를 사랑한다는 것이 무엇인지 배웠다. 그건 삶을 사랑하는 또 다른 방식이었다. 이념이나 가치가 아니라 생생하고 구체적인 삶 그 자체를 사랑하는 행위였다. 그건 곧 연약하고 가녀린 뭇 생명부터 세상 만물에 이르기까지, 존재하는 모든 것들을 귀하게 여기는 마음과 다르지 않았다.

한평생 자신에게는 인색하리만큼 검소하게 산 권정생은 고료로 모은 8억 원의 유산을 배고픈 북녘 아이들을 위해 써달라는 유언을 남겨 많은 사람을 놀라게 했다. 그가 어느 편지에 쓴 대로 "나 자신이 어린이가 되어 어린이와 함께 살다 죽겠습니다"라는 다짐은 결코 그냥 말이 아니었다. 그는 어린이의 마음으로, 어린이들 곁에서 성심으로 살다 떠났다. 또한 그는 자신이 성인 문학이 아닌 동화를 썼기에 진작에 피폐해지지 않고 잘 살아갈 수 있었노라 말했을 만큼 어린이들을 위한 글을 쓰면서 본인 스스로도 충분히 치유받았다. 그의 글과 삶을 들여다보면, 어린이의 마음을 돌보고 어루만질 수 있는 글은 어른을 향한 그 어떤 글보다 심원한 힘이 있는 것이 아닐까 생각해보게 된다.

아스트리드 린드그렌의 삶도 다르지 않았다. 그는 자신의 동화에 어떤 교육적 메시지를 담았느냐고 묻는 언론의 반복되는 질문에 "오로지 내 안에서 숨 쉬고 있는 그 아이에 관해서만 생각한다"고 되풀이해서 답했다. 나는 이 대답을 듣고서 어린이를 사랑하는 마음이란 지난 시절의 자신을 잃지 않고 또 잊지 않는 그 태도로부터 나오는 것일 수도 있겠다고 생각했다. 그녀가 천진한 장난꾸러기 면모를 잃지 않는 동시에 아이들 마음 깊숙한 곳에 존재하는 어두운 심연까지도 섬세히 헤아릴 줄 알았던 건 자기 안의 아이를 간직하며 살았기 때문이지 싶다. 아이의 마음으로 살았기에 아이들의 아픔을 결코 사소한 것으로 여기지 않을 수 있었을 것이고, 그 마음에 온기와 용기를 전할 동화를 쓸 수 있었을 것이다.

자연을 향한 두 사람의 태도도 꼭 닮았다. 자신에게 가장 중요한 것을 묻는 질문에 린드그렌은 망설임 없이 '어린이와 자연'이라고 답했고, "어린이의 직관과 즉각성에 깊이 뿌리내린 자연과의 유대감을 평생 믿었다"라고 강조했다. 또 자연에 대해 "내가 단 한 번도 잃어버린 적이 없는 사랑"이자 "살아가는 동안 언제나 함께할 사랑"이라고 표현하기도 했다. 권정생 역시 세끼를 꼬박 챙겨 먹어도 시간이 지나면 다시 배가 고픈 것과 달리 좋은 책은 한 번만 읽어도 평생 가슴에 남는다며 좋은 이야기의 중요성을 강조했지만, 그보다 가장 좋은 건 자연 속에서 뛰어노는 것이라 말했다. 그는 또한 "고통을 겪는 것은 우리 인간만이 아니다. 한 포기의 나무와 꽃과 풀도 끊임없이 시달리며 살고 있다"라며 동물과 나무와 꽃과 풀이 겪는 어려움까지도 살필 줄 알았다.

어린이를 향한 진지한 관심과 애정, 이웃을 향한 사랑과 실천, 자연 앞에서 겸허할 줄 알았던 마음, 평생을 나태와 싸우며 치열하게 이어간 창작의 열정. 두 사람이 이토록 생생하게 기억되는 것은 이들이 '글' 속에서가 아니라 '삶'에서 자신들이 귀하게 여긴 가치를 몸소 실현하며 살았기 때문인 것 같다.

그러니 두 사람은 나에게 그냥 아동문학가라기보다 사상가이자 실천가에 더 가깝다. 그들이 몸으로 보여준 삶은 나를 소소한 마음으로 살아가게 하는 근원이자 힘이다. 그래서 나는 이들의 책을 거듭해서 다시 읽는다. 감동받기 위해서가 아니라 삶으로 살아내기 위해서다. 마을 사람들과 권정생의 《한티재 하늘》을 함께 읽는 것도, 아스트리드 린드그렌의 전작 읽기 모임을 시작한 것도 그런 이유에서다. 혼자 읽는 시간을 지나, 곁에 있는 사람들과 읽고 나누며 삶을 바라보고 또 살아내는 시선이 '옆 사람과 함께' 더 깊어지고 넓어짐을 느낀다. 이들이 남긴 이야기를 내내 잘 품고 살다 보면 언젠가 그것이 작은 결실을 맺게 될지도 모를 일이다. 그런 믿음이 우직하고 소소하게 오늘 하루를 살아가게 만든다.

내 작은 헛간

나는 한 동네에서 오래 살았다. 여기서 태어나지 않았으면서도 이곳을 고향처럼 느끼는 건 그 때문이다. 처음 이사 올 때만 해도 새 아파트였던 우리 집은 시간이 지나며 조금씩 낡아갔다. 여전히 비좁기도 했다. 그럼에도 이 집을 떠나는 건 좀처럼 상상하기 어려웠다. 그런 소소한 불편함마저 이 집을 향한 애정의 일부였다고 한다면 좀 이상할까. 언젠가부터 그런 낡고 불편한 것들이 오히려 더 애틋하고 정겨워졌다. 정확히 말하자면 이 작고 낡은 아파트는 내 삶에 안정감을 주는 오래된 친구이고 고향이었다.

이 동네 역시 마찬가지다. 내가 다녔던 초등학교와 중학교가

코앞에 있고, 여름이면 물장구치고 놀던 계곡과 힘든 줄도 모르고 올랐던 금정산이 거기에 있다. 그리고 유년의 기억을 간직한 놀이터와 가게들, 학원과 병원이 있다. 그러니까 우리 동네는 그 숱한 장소나 여러 사람들 속에서 내가 지금의 나로 자라나게 한 내 존재의 터전이다.

하지만 나는 불안과 걱정의 시간을 어느 정도 통과하고 난 뒤에야 지금 이곳의 소중한 의미를 비로소 깨달을 수 있었다. 어린 시절의 한동안은 매일 보는 장소들과 사람들이 지겹게 느껴질 때도 있었다. 대단지 아파트와 각종 편의시설이 밀집된 신도시가 지척이지만, 우리 집은 그 편의를 누리기엔 좀 애매한 거리에 있다는 점도 불편한 요소였다. 게다가 함께 살던 이웃들은 때가 되면 여기보다 더 나은 곳을 찾아 떠났다. 어릴 적부터 함께 어울려 놀던 친구들이 하나둘 이사 가는 모습을 지켜보는 것은 서운하고 쓸쓸한 일이었다. 다른 이들이 잠시 거쳐 가는 곳에 우리 가족만 떠나지 못하고 있다는 생각에 조바심이나 어떤 열패감 같은 것을 느끼기도 했다.

우리는 언제쯤 여기를 떠나 좋은 곳에 살아보냐며 부모님은 자주 푸념을 했다. 나는 그 푸념이 가슴 아프면서도 언젠가부터는 여기를 떠나지 않아서 참 다행이라는 생각이 들기 시작했다. 모르는 사이에 나는 우리 마을을 편안하고 아늑하게 느끼는 사람이 되어 있었다. 외지다고 여겼던 것이 이제는 자연과 가깝다는 것으로 전혀 다르게 받아들여졌다.

"이 지긋지긋한 학교! 엘리베이터는 왜 이렇게 느린 거야! 도무지 마음에 드는 구석이 하나도 없다니까. 이제 진짜 안녕이다! 나는 여길 떠나서 새로운 삶을 시작할 거야."

졸업을 앞둔 무렵, 한 친구는 서울의 대학원에 진학하기로 했다며 이렇게 말했다. 그 친구와는 달리 나는 다니던 학교의 대학원에 진학했다. 그리고 그때에서야 나는 내가 오래되고 익숙한 것을 좋아하는 사람이라는 것을 깨달았다. 삐까번쩍한 새것이나 진귀하고 세련된 것들보다는, 나는 낡고 좀 남루하더라도 함께 오랜 시간을 보냈던 것들이 더 편안하고 좋다. 하지만 학창시절을 함께 보낸 오랜 친구를 만나 이야기를 나누다 보면, 내가 세상을 너무 좁게 사는 것은 아닌지 내심 걱정이 들기도 했다.

그 친구는 한곳에 머무르기보다는 낯설고 새로운 곳을 찾아다니기 좋아하는 모험심 강한 사람이다. 수능이 끝나자마자 아르바이트로 돈을 모아서 호주로 워킹홀리데이를 다녀왔고, 그 이후에도 세계 곳곳을 돌아다녔다. 졸업한 뒤에 해외에서 취업을 한 친구를 지켜보며, 나는 마치 별세계의 사람처럼 그가 멀게 느껴졌다.

마치 유목민이나 여행자처럼 광대한 삶의 자리들을 이동해 온 친구에 비하면 내 삶은 너무 잔잔하고 협소해 보였다. 그럴 때면 나는 내가 한곳에 머무르기만을 좋아하는 사람일까 봐, 변화보다는 안정을 추구하는 사람일까 봐 염려하기도 했다. 하지만 나는 그런 걱정과 불안을 거쳐 오면서, 남다른 내 생각과 감수성에 대해 점점 더 확신을 얻게 되었다.

엘윈 브룩스 화이트의 《샬롯의 거미줄》은 여전히 불안 속에서 흔들리고 있던 나를 그 확신으로 이끈 중요한 계기 중의 하나라고 할 수 있는 책이다. 처음 읽었을 때는 다정하고 따뜻한 거미 샬롯과, 진정으로 자기 삶과 친구를 사랑했던 돼지 윌버가 만들어낸 그 우정에 마음을 빼앗겼다. 그러나 이 동화를 여러 차례 다시 읽으면서, 나는 여기에 그보다 더 중요한 것이 담겨 있다는 것을 알게 되었다. 그러니까 이 동화는 내가 그토록 번민했던 떠남과 머무름의 문제를 다루고 있는 작품이었던 것이다.

암거위의 계략으로 윌버는 죽음이 예정되어 있던 헛간을 벗어날 수 있는 기회를 얻었다. 하지만 그는 헛간에 머무르는 것을 선택했다. 그리고 그곳에서 샬롯을 만난다. 그 만남 덕분에 윌버의 삶은 예상 가능한 길을 벗어나 전혀 새로운 이야기로 펼쳐진다. 살던 곳에 그대로 머무르기를 선택한 윌버에게 나는 깊이 동화되었다. 윌버가 그 헛간을 떠나지 않음으로써 샬롯과 또 다른 친구들을 만난 것처럼, 나도 역시 떠나지 않았음으로 가능했던 귀한 만남들이 너무 많았다. 윌버가 헛간에서 느낀 충족감이 내가 이 동네에서 느끼는 충만한 마음과 다르지 않았다. 윌버가 떠나가는 샬롯의 새끼 거미들을 바라보며 느낀 감정 역시 내가 유년 시절에 느낀 마음과 꼭 닮아 있었다. 그래서 나는 떠나지 않고 남은 세 마리의 새끼 거미들을 마주한 윌버의 기쁨을 누구보다 깊이 이해할 수 있었다.

헛간에 남기로 결정했기 때문에 샬롯을 만나 행복한 결말을 맞을 수 있었던 윌버나, 태어난 곳에서 계속 살아가기로 결정한 샬롯의 새끼 거미들을 보며, 나는 삶의 터전을 버리고 과감하게 떠나는 것만큼이나 자기의 자리를 오롯하게 지키며 살아가는 것이 충분히 의미 있는 일이라는 걸 알게 되었다. 떠나는 사람이 있으면 남는 사람도 있고, 모험을 떠나는 것의 행복을 아는 사람이 있는가 하면 자기의 자리를 지키는 삶의 기쁨을 아는 사람도 있다. 나는 윌버가 그랬던 것처럼, 우리 마을에 살면서 내 삶을 사랑한다는 것이 무엇인지를 알게 되었다.

윌버의 헛간에는 밤과 낮, 겨울과 여름, 봄과 가을, 궂은 날들과 화창한 날들이 있었다. 거기에선 왁자지껄한 거위들과, 변화하는 계절과, 여름날의 더위와, 들락거리는 제비들과, 가까이 있는 쥐들과, 한결같은 양들과, 거미들의 사랑과, 두엄 냄새와, 모든 것의 영광이 깃든 삶이 펼쳐진다. 우리 동네가 바로 그런 곳이라는 것을, 나는 더 이상 의심 없이 받아들이게 되었다. 그렇게 나는 도시의 속도에서 조금 비켜나 있기에 온 생명이 살기 좋은 이 마을이 "모든 것의 영광이 깃든 따스하고 유쾌한" 헛간이라고 느낀다. 이 작은 헛간을 더 아름답게 물들이는 데 한 시절을 바친 사람들의 얼굴을 기억한다. 그 얼굴을 잊지 않고, 조금씩 그 모습을 닮아가는 것이 나의 소박한 바람이다.

평범하고 비범하게

오래 이용해온 우리 동네의 사립공공도서관에서 일을 시작했다. 이곳은 내가 가장 사랑하는 도서관인 '맨발동무도서관'이다. 십수 년 전에 주민들이 힘을 모아 만들었고, 그때부터 지금까지 이용자들의 후원으로 운영되고 있다. 나는 처음 이곳에 방문하던 날의 감동을 지금도 생생히 기억한다. 아이들이 소곤소곤 이야기하는 소리, 잔잔하게 흐르는 음악, 따뜻한 질감의 목재 디자인, 2층 만화방과 다락방에서 편안한 자세로 책에 심취해 있는 아이들과 어른들. 그리고 환한 인사로 맞아주는 활동가의 목소리까지. 평화롭고 아늑하면서, 사람 냄새가 가득했다. 나는 순식간에 이곳과 사랑에 빠졌고, 곧 도서관의 자원활동가가 되었으며, 마침 새로 생겨난 청년 독서 동아리에도 함께하게 되었다. 이런 인연이 있는 곳이라 도서관으로 처음 출근하던 날의 감회가 더 남달랐다.

설레는 마음을 안고 근무를 시작한지 어느덧 한 달이 지났다. 그간 도서관을 밥 먹듯 드나들었어도 사서 업무는 처음이라 낯선 것투성이다. 특히 이곳의 일들은 공립 도서관과 비슷하면서도 많이 다른데, 그래서 어렵다가도 그래서 더 재미있다. 마을부터 지역 사회 일까지, 생각보다 더 다양한 도서관의 일들을 가까이서 지켜보며 전에는 알지 못했던 이곳의 숨은 노고에 놀라곤 한다. 도서관 살림을 하나하나 익히면서 한 공간을 꾸려나가는 데 필요한 섬세하고 정성 어린 마음도 함께 배우고 있다.

동료 활동가와 마을 주민, 이용자 등 여러 사람들이 어우러져 지내는 공간인 만큼 이곳에서는 잘 듣는 일이 무엇보다 중요하다. 사람들의 말도 잘 들어야 하지만, 나를 부르는 소리에도 귀를 열어두어야 한다. 도서관에서는 이름 대신 별명을 부르는 문화가 있는데, 사람들이 내 별명을 불러줄 때면 왠지 모르게 기분이 좋아졌다. 밖에서 만났더라면 생겨나기 어려웠을 그 친근함이 좋다고 할까. 나는 매일 나눔자리에 앉아 나를 부르는 목소리에 귀를 쫑긋 세우고 있다.

나눔자리는 도서 대출·반납과 이용자들의 문의에 응대하는 곳이다. 사수 활동가인 데이지와 함께 이 자리에서 이용자 서비스를 담당하고 있다. 이외에 내가 맡은 또 다른 임무는 도서관 프로그램을 기록하는 일이다. 얼마 전부터 길 위의 인문학이라는 프로그램의 전 과정에 참여하면서 사진과 글로 강의 기록을 남기고 있다. 이 일을 하면서 사람들의 입에서 나오는 생생한 말을 활자화하는 작업은 생각보다 더 즐거운 동시에 고된 일이라는 걸 매번 깨닫는다.

그 무렵 종종 이런 생각을 했다. 잘 듣고 싶다던 내 바람이 이렇게 이루어지는 건가? 그때의 나에겐 듣는 일이 무엇보다 중요했다. 내 옆 사람의 평범한 말을 귀하게 들어낼 줄 아는 사람이 되는 것. 그것이 내 꿈이었다. 그래서 어느 날에는 일기장에 '잘 듣기 위해 쓴다'는 문장을 써두고 오래 들여다보기도 했다. 그런데 도서관 일을 시작하면서 정말 잘 들어야 할 임무를 부여받게 된 것이다. 사람들의 말을 잘 받아 적기 위해서는 귀 기울여 들어야 했다. 잘 들으려고 하다 보니 누군가의 한마디가 평소와는 다른 무게로 다가왔다. 새롭지 않고 귀하지 않은 이야기가 없었다. 그러면서 자연스레 알게 되었다. 사람들은 종종 책 속에서나 만날 법한 이야기를 아무렇지 않게 들려준다는 것을!

얼마 전 '전환'을 주제로 진행된 도서관 프로그램에서, 부엉이라는 이름의 도서관 활동가가 들려준 이야기에 나는 가슴이 좀 두근거렸다. 부엉이는 매일 아침 산책길에서 나무와 대화를 주고받는다고 했다. 언젠가는 나무와의 그 교감을 주위 사람들과 나누고 싶다는 말을 듣는 순간, 나는 너무 궁금해졌다. 혼자만의 산책 시간을 소중히 여기는 사람이 매일 아침 나무들과 나누는 대화는 어떤 것일까. 부엉이가 찜했다는 '내 나무'는 어떤 나무일까. 기회가 되면 부엉이에게 꼭 물어봐야겠다고 생각하며 그 말을 받아 적었다.

부엉이에겐 어린 시절부터 자연과 교감하는 일이 일상이었다고 한다. 하지만 그런 이야기를 하면 주변 어른들로부터 '헛소리'한다고 타박을 듣거나 '굿을 해야 한다'는 무서운 소리를 듣기도 했단다. 그 후로는 자신에게 소중한 그 시간을 대화의 소재로 삼기보다는 혼자만의 이야기로 삼켜두고 지낼 수밖에 없었다고 했다. 마음이 아팠다. 그러다 결혼하고 아이를 낳고 이 마을에 오면서 그런 대화가 통하는 사람들을 만나게 되었다고 이야기할 때엔 나도 모르게 안도의 한숨이 나왔다. 아, 부엉이는 정말 숨통이 트이는 기분이 아니었을까.

부엉이의 고백에 응답하듯 몇몇이 자기 이야기를 꺼냈다. 자신도 그런 사람 중 하나였고, 그래서 외로운 시절이 있었다고. 자신의 그런 모습을 잊은 채로 살아왔다고. 들어보니 대부분의 사람들이 어른이 되면서 자신의 안과 밖으로 연결되는 귀한 능

력을 조금씩 잃어왔다는 걸 알 수 있었다.

부엉이는 말했다. 우리 주변에는 이런 교감이 통하는 사람도, 그렇지 않은 사람도 있겠지만 앞으로는 이런 이야기를 사람들과 나누며 살면 좋겠다고. 그 말을 듣던 어느 순간부터 나는 이야기 속으로 빨려 들어가는 바람에 기록하는 사람으로서의 본분을 놓치고 말았다. 그럼에도 어쩐지 조급해지지 않았다. 본디 이야기라는 건 말하는 사람을 떠나 듣는 사람에게 도착하는 씨앗 같은 것이지 않은가. 그러니 그것을 어떻게 기억하는가는 오롯이 나의 몫인 것이다. 때로는 말한 사람은 전혀 기억하지도 못하는 어떤 이야기가 듣는 사람의 몸 안에서 오래오래 살아남기도 한다. 이야기란, 그런 것이다.

이외에도 나는 모임 중간중간, 그냥 놓치긴 아까운 이야기를 여럿 듣게 되었다. 그런 이야기가 한 사람의 입에서 자연스레 흘러나오는 걸 들을 때면 기분이 이상해졌다. 잊지 않기 위해서 꼼꼼히 기록해두어야겠다는 마음과, 다른 일은 내려두고 그 이야기에만 집중하고 싶다는 마음이 공존했다. 그 두 마음을 오가는 순간이 행복했다.

이곳에서 일한 지 얼마 되지 않았을 때였다. 맨발동무를 만들고 이어온 사람들을 인터뷰한 책 《이야기들이 사는 집》을 읽으며 나는 동료 활동가 앨리스에게 말했다.

"이 도서관을 만들어온 사람들 참 대단한 것 같아."

그 말을 들은 앨리스가 답했다.

"그러게. 모두 평범하면서도 비범한 사람들 같아. 평범해 보이는 가운데 어딘가 비범한 구석이 있어."

나는 그 말에 꽂혔다. 평범한 가운데 비범한 사람들. 내가 어떤 이야기에 깜짝깜짝 놀라는 건 '평범한 사람들에게서 흘러나오는 반짝이는 이야기' 때문이라고만 생각했는데, 앨리스의 말을 듣고 보니 그 두 가지가 선명히 나누어지는 건 아니라는 생각이 들었다. 우리는 모두 평범하고도 비범한 사람들이기에, 책 속에서라면 분명 밑줄을 긋고 페이지의 한 귀퉁이를 접게 만들었을 법한 이야기를 하고서도, 본인은 그걸 전혀 모를 수도 있는 것이다.

나는 처음 해보는 직장 생활에 적응하느라 한 달을 정신없이 보냈다. 아쉬운 점이 있다면 책에 둘러싸여 보내는 시간이 늘어난 데 비해 책 읽을 시간은 현저히 줄어들었다는 사실이다. 일을 마치고 집에 돌아가면, 침대에서 책을 펼친 채로 금세 곯아떨어지기 일쑤였다. 하지만 이상하게도 어느 때보다 내면이 더 충만해지고 있다는 느낌이 들었다. 사람들 한 명 한 명의 이야기가 한 권의 책과 다르지 않은 무게로 다가와서일까?

이곳은 사람과 이야기로 가득한 도서관이다. 이곳을 오가는 다양한 사람들의 이야기를 마주할 때마다 내 안에서 피어오르는 어떤 열기를 느꼈다. 그건 생생하게 살아 있는 이야기의 힘이었다. 이 도서관의 초대 관장을 지낸 보리밥의 말대로, 맨발동무는 활자로 된 책만이 아니라 사람 책으로 가득한 곳이었다.

> 특히 저는 활자로 된 책도 중요하지만, 우리
> 도서관에서만큼은 '사람 책'을 풍성하게 만들어내고 싶은
> 욕심이 커요. 마을 사람들의 이야기를 도서관으로 많이
> 가져오고, 그 이야기를 다시 책이나 도서관을 통해 많은
> 사람들에게 알리고 공유하고 싶은 거죠.
> (이은희, 《이야기들이 사는 집》)

나는 앞으로 이곳에서 만나는 사람들을 향해, 속으로 이런 말을 자주 하게 될 것 같다. "아, 당신은 평범하면서도 비범한 사람이군요!"

모다에가미

이른 아침 버스와 지하철을 여러 번 갈아타고 부산 교대 앞의 한 책방으로 향했다. 작년 겨울 이후 근 1년 만이었다. 벌써 책이 팔렸으면 어쩌나 걱정했지만 미리 알아보니 다행히 아직 제자리에 있다고 했다. 반가운 소식이었다. 한 시간이 지나 도착한 곳은 부산의 어린이전문책방인 '책과 아이들'. 거리가 있어서 자주 방문하기는 어렵지만 이곳에 올 때마다 마음이 한껏 들뜬다. 어린이책부터 다양한 분야의 좋은 책들을 두루 만날 수 있는 데다가, 좋은 전시와 프로그램도 구경할 수 있기 때문이다. 나에게는 이런 책방이 최고의 놀이터이자 보물창고다.

작년 이맘때는 2층 서가를 둘러보다가 어떤 책 한 권을 발견하고 짧은 탄성이 나왔다. 절판되어 얼마 전 중고도서로 정가보다 비싼 값을 치르고 산 책이었다. '진작 알았더라면' 하는 아쉬움이 컸지만, 동시에 이런 책을 다시 만날 수 있는 책방에 오게 되어 반가웠다. 품절 도서는 대부분 중고서점에서만 구할 수 있었는데, 이렇게 귀한 책을 중고가 아닌 새 책으로 만나다니! 들뜬 마음에 잔뜩 상기되었던 기억이 난다. 나는 간혹 절판된 좋은 책을 만나면, 미리 사뒀다가 좋은 때에 좋은 사람에게 선물하곤 한다. 주는 사람과 받는 사람 모두에게 각별한 선물이 되는 것 같아서다. 그런데 어쩐 일인지 그날은 다른 책만 사서 돌아왔고, 그 뒤로 이따금 사 오지 않은 그 책 생각이 났다. 그렇게 1년이 지나서야 다시 그 책을 사러 온 것이다.

"전화로 문의한 책 찾으러 온 사람인데요. 아직 2층에 있죠?"

"네, 그 자리에 그대로 있을 거예요."

단체 방문한 어린이집 아이들의 발길로 잠시 소란스럽던 1층이 금세 조용해지고, 나는 계단을 따라 2층으로 올라갔다. 여기 어디쯤이었던 것 같은데. 아, 저기였나? 일본 사회문제를 다룬 책들이 전시된 칸을 꼼꼼히 살폈다. 여기도 없네. 그렇게 다른 곳으로 시선을 옮겨 맨 아래 칸 서가를 살피다 드디어 발견했다. 여기 있다! 얌전히 꽂힌 책등이 그렇게 반가울 수가 없었다. 책을 찾고 나니 문득 궁금해졌다. 지난 1년간 이 책은 어떤 사람들의 눈에 닿아, 어떤 손길을 거쳤을까. 아니면 어느 누구에게도 관심받지 못하고 같은 자리에 계속 꽂혀 있었을까. 이런 생각을 하며 나는 조심스레 책을 꺼냈다.

1년 만에 다시 만난 이 책은 이시무레 미치코의 《고해정토》 3부작 중 제2부인 《신들의 마을》이다. 일본 구마모토현 미나마타시의 신일본질소비료공장에서 바다로 방류한 메틸수은으로 인해 주민들이 앓게 된 미나마타병 사건을 다룬 책이다. 작가는 자신의 고향인 미나마타에서 벌어진 이 비극의 사건을 깊이 있게 탐구해서 《고해정토》 3부작이라는 세 권의 책으로 집필했다. 책의 뒤표지 소개말 일부에는 이런 글이 적혀 있다.

그러나 《신들의 마을》은 사회비판 이전에,
하늘과 땅과 바다와 연결된 풍성한 삶을 살았던
민중의 정신세계와 생활세계를 민중의 언어로
깊이 있게 표현한 위대한 작품이다.

나는 몇 년 전, 《고해정토》 시리즈의 첫 편인 《슬픈 미나마타》라는 책으로 이 작가와 미나마타병에 대해 알게 되었다. 당시 책모임을 함께하던 한 친구가 말하길, 자신의 일본인 친구가 가장 아끼는 책이라고 했다. 호기심이 생긴 우리는 이 책을 모임 도서로 정해 함께 읽었다. 기대를 가지고 읽기 시작했지만 처음에는 깊이 읽어내지 못했다. 하루하루 자기 삶을 충실히 살아온 선량한 사람들이 자신이 나고 자란 바다에서 온 물고기를 먹고 어떻게 삶이 파괴되었는지, 그 책임을 규명하고 보상받는 싸움의 과정이 얼마나 고되고 어려운지에 대해 알게 되었지만 그냥 거기까지였다. 그런데 이상하게도 시간이 지날수록 종종 미나마타 이야기가 떠올랐다. 그러다 작년 서울환경영화제 때 온라인으로 다큐멘터리 〈미나마타 만다라〉 3부작을 보게 되었다. 시차를 두고 책과 영상으로 접한 미나마타 이야기가 맞물리면서 내 안에 큰 울림을 남겼다.

미나마타병에 대해 더 알고 싶어진 나는 절판된 두 권의 책을 중고로 구했다. 그렇게 《신들의 마을》을, 미나마타 이야기를 다시 만났다. 이번엔 사건의 피해자나 사건 그 자체보다, 미나마타병을 둘러싼 길고 긴 투쟁의 과정을 꼼꼼하게 기록하고 문학적으로 승화시킨 이시무레 미치코라는 작가가 눈에 들어왔다. 삶이 파괴되어버린 사람들이 아니라, 그 고통 속에서 하루하루 생의 의지를 부여잡고 살아가는 이들과 그 고통을 기꺼이 함께 짊어지려는 이들이 거기 있었다.

같이 걱정해주는 사람을 부르는 이름이 따로 있어요.

도저히 일어설 수 없을 만큼 망연자실했을 때 한 마디
해주면서, 등을 쓰다듬어줘요. 영혼을 위로해주는
거죠. 그걸 뭐라고 부르는지 잊어버렸어요. 모다에가미.
생각났어요. 모다에가미가 고통을 같이 나눠줘요.

다큐멘터리 〈미나마타 만다라〉에서 노년에 이른 이시무레
미치코가 잠시 등장해 '모다에가미'라는 말을 알려주었다. 뒤이
어 와타나베 교지라는 사람이 그 말에 이런 뜻을 보탠다.

자신이 할 수 있는 게 없으니까 하다못해, 한과 슬픔을
나누겠다는 거죠. 마을에 무슨 일이 있으면, 남 걱정을
해대며 자기 일처럼 고민하는 사람이 있게 마련이죠.
그런 사람을 모다에가미라 부른대요.

타인의 한과 슬픔을 기꺼이 나누고 짊어지려는 사람들을 가
리키는 이름이자, 고통받는 누군가를 위로해줄 때 내뱉는 말. 고
통을 나누다. 함께하다. 짊어지다. 그 말에 깃든 뜻을 한참 곱씹
었다. '모다에가미'라는 단어가 묵직하게 다가왔다.
이시무레가 "스스로는 말을 할 수 없는 존재들의 이야기에"
귀를 기울여 써낸 이 책은 여러모로 기이하다. 어려운 구석은

하나도 없지만 쉽게 읽히지 않고, 글자 하나하나에 담긴 서늘함과 비애와 고통이 어우러져 어딘가 아름답다는 마음마저 들게 한다. 아래와 같은 구절에서는 글과 글 사이를 맴돌며 한참을 머무르게 된다.

소리를 내지 않는 세계가 신기한 풍성함에 넘실대고,
노파 한 사람과, 말을 못 하고 몸도 움직일 수 없는 아이들
사이에서 영혼이 소통한다. 모쿠타로와 할머니의 대화를
매개 삼아. 혹은 할머니 한 사람의 더없이 무뚝뚝한
이야기가 아이들의 마음속에 그대로 쏟아져 내린다.

이번에 다시 책방에 들르게 된 것은 이 책을 꼭 전해주고 싶은 사람이 있어서였다. 무언가 의미 있는 선물을 하고 싶어 고민하다가 이 책이 떠올랐다. 책은 내가 가장 즐겨 하는 선물이지만 줄 때마다 망설여지곤 한다. 상대가 이미 읽었거나 소장 중인 책일 수도 있고, 어쩔 수 없이 주는 사람의 취향이 반영될 여지가 크다 보니 건네면서도 마음을 쓰게 된다. 하지만 이번엔 좀 달랐다. 이 책을 만난 여정이 귀하게 다가왔고, 시중에서 쉽게 구할 수 없는 책이라는 것도 의미 있게 느껴졌다. 상대가 이 책에 담긴 이야기에, 이 작은 선물에 공명해줄 것이라는 믿음이 있었다.

무엇보다 그 사람과 잘 어울리는 책이라는 생각이 들었다.

미나마타병과 싸우는 고향 사람들의 한과 슬픔을 짊어지고 서 평생의 작업을 이어갔던 이시무레 미치코. 그의 활동에 비견 할 바는 전혀 안 되지만, 나 역시 우연한 계기로 내가 오래 살아 온 우리 마을 이야기를 책으로 쓰게 되었다. 대천마을이라는, 도 심 속 마을 공동체를 가꾸어온 열두 명의 사람들을 만나 그 이 야기를 듣고 기록한 책이다. 이 책을 쓰고 나서 한 선생님께 추 천사를 부탁드렸다. 내가 일을 돕고 있는 우리 동네 책방 강아 지똥을 통해 알게 된 분인데, 책을 읽으면서 꼭 한 번 뵙고 싶다 고 생각하다가, 올해 봄 섭외 연락을 드리며 처음 인사를 주고 받았다. 먼 거리임에도 주저 없이 찾아와 책 이야기를 들려주던 지난여름의 만남이 참 귀하고 반가웠다. A4 용지와 연필과 블 루투스 스피커까지 손수 챙겨 온 그 꼼꼼한 태도와 수줍어하던 모습이 지금도 눈에 선하게 그려진다. 선생님께서는 잠깐 방문 했던 이 마을과 책방에 대해 좋은 기억을 가지고 가게 되었다며 흔쾌히 내 첫 책을 꼼꼼히 읽고 귀한 추천글을 써주셨다.

감사의 마음을 담아 작은 선물을 하고 싶어서 고민하다가 '책과 아이들'에서 우연히 발견한 책이 떠올랐다. 자신이 태어난 강원도 산골 마을에서 교사 생활을 하며 아이들과 함께 읽고 쓰 는 기쁨 속에 살아가고 계신 선생님이 이시무레 미치코와 살짝 겹쳐 보이기도 했다.

사실 우리 집에서 그리 가까운 책방은 아니기에 처음엔 택배로 부쳐달라고 할까 고민도 잠시 했다. 그래도 선물에 조금 더 정성을 담고 싶어서, 또 이 방문이 몇몇 책들과의 우연한 만남을 만들어줄 것이란 기대를 가지고 직접 찾아가기로 마음을 바꿨다. 그 덕에 책방에서 네 살짜리 손자에게 크리스마스 선물로 책을 선물해주고 싶다며 찾아온 어르신과 말을 섞고, 그 또래의 내 조카에게 선물할 책도 고를 수 있었다. 진열된 책을 구경하다가 '언젠가'라는 이름으로 막연하게 기약되어 있던 책과, 아스트리드 린드그렌의 절판된 책 두 권을 샀다. 그렇게 추리고 추려서 여섯 권의 책을 챙겨 책방을 나왔다. 칼바람이 매서운 날이었는데, 책을 두둑이 안고 돌아가는 길은 왠지 모르게 든든하고 또 따듯했다.

얼마 후 나는 소포에 조심스레 《신들의 마을》과 내가 쓴 《대천마을을 공부하다》를 포개 넣었다. 그 위에는 올해 초 원주 무위당 기념관에서 구입한 '밥 한 그릇' 다포를 얹었다. 어쩌다 보니 이 선물들이 묘하게도 닮아 있다는 생각이 들었다. 이로써 부산의 어느 책방 2층 서가에서, 또 우리 집 책장에서 잠시 머물렀던 책은 강원도 어느 집으로 거처를 옮겼다. 책을 떠나보내며 안도했다. 책의 귀함을 알고, 그 안에 담긴 이야기를 알아볼 수 있는 사람을 만나는 것, 그것이 세상에 나온 책의 가장 아름다운 쓰임이 아닐까. 한 권의 책을 선물하는 여정 곳곳에 스며든 소소한 이야기와 어떤 마음들이 신비롭다. 그렇게 덧보태진 이야기들 덕분에 이 책은 나에게 보다 더 깊고 두툼한 책이 되었다.

다정한 마을 잔치

어느 아침, 택배가 도착할 거라는 문자를 받았다. 내일쯤이나 올 줄 알았는데 예상보다 빠른 배송 안내 문자에 기분이 이상해졌다. 침착하자, 침착하자. 심호흡을 했다.

　오후 두 시. 독서 수업에 1학년 아이들이 왔다. 그림책을 읽어주고, 함께 시를 짓고 일기를 쓰는 와중에도 내 온 신경은 문밖에 쏠려 있었다. 덤덤한 척하려고 애를 썼지만 흥분된 마음이 쉬이 가라앉지 않았다. 얼마 뒤 문밖에서 둔탁한 소리가 났다. 아이들에게 잠시 글을 읽게 하고는 서둘러 문을 열었다. 현관 앞에는 두 개의 묵직한 택배 박스가 놓여 있었다. 한 번에 들어 올리기는 어려울 것 같아 발로 밀고 노끈을 잡아당겨 집 안으로 옮겨놓았다. 그러고는 잠시 숨을 가다듬었다. 커터 칼로 노끈을 끊고, 봉인된 테이프를 잘라낸 다음 박스를 열어젖혔다. 마침내 차곡차곡 쌓인 책들이 그 모습을 드러냈다. 책 한 권을 꺼내서 표지와 내지에 실린 사진부터 확인했다. 다행히 아무 문제 없이 깔끔하게 잘 나왔다. 겨우 마음을 내려놓고 다시 아이들에게 돌아와 수업을 이어서 했다. 그 이후의 시간은 사실 잘 기억도 나지 않는다.

"시 한 편 더 써도 돼요?"

"이거 쌀 과자 수업 때 안 먹었는데 챙겨 가도 돼요?"

"아까 주기로 한 핫팩 주세요."

그날따라 아이들의 목소리가 더 웅웅 울리는 것 같았다. 나는 수선스러운 정신을 가다듬고 아이들의 말에 평소보다 더 나긋나긋하게 대답했다. 수업을 마치기 전, 책 면지에다 학부모님께 남기는 짧은 인사말을 적어서 아이들 손에 쥐어 보냈다.

그날 그토록 마음 졸이며 받았던 택배 상자에는 내 첫 책《대천마을을 공부하다》가 담겨 있었다. 우리 마을의 활동가들을 인터뷰한 이 책은 나의 책이라기보다, 그들과 내가 함께 만들어 낸 것이라고 할 수 있었다. 나는 이분들과 얼른 이 기쁨을 나누고 싶어서 서둘러 그들에게 출간 소식을 알렸다.

조금 뒤에 5학년 아이들이 왔고, 이번에도 반쯤은 마음이 콩

밭에 가 있는 채로 수업을 했다. 수업을 마칠 무렵 아이들에게 책을 나눠주었다. "우와! 무슨 책이에요?" 궁금해하는 아이들에게 내용을 간단히 설명해주자 아이들 눈이 동그랗게 커진다. 자기들이 잘 아는 사람들이 나오는 책이라고 하니 반가웠던 모양이다. 책을 받아 든 아이들 역시 사진부터 찾아봤다.

"어, 돌콩이다! 이 사람, 마을학교 돌콩 아니에요?"

"데이지? 이 언니 예전 별명은 검은콩이었는데!"

"하품 알아요! 동글이 남편 하품!"

"쌤, 사인해주세요. 나중에 유명해지는 거 아니에요?"

아이들의 소란스러운 반응에 나도 덩달아 신이 났다. 아이들과 함께 읽을 수 있는 책이어서 잘됐다는 생각이 들었다.

이 책은 내가 열두 명의 우리 마을 사람들을 만나서 나눈 대화를 기록한 것이다. 마을 도서관의 상근 활동가로 일할 때 언젠가 이 마을 공동체에 관한 이야기를 기록하고 싶다고 막연히 생각한 적이 있다. 그러다 마침 구술 채록 활동을 지원해주는 프로그램에 참여하게 되었고, 그 소망을 실현할 수 있는 기회를 얻었다. 인터뷰를 거듭할수록 이 귀한 이야기들이 더 많은 사람들에게 전해지면 좋겠다는 바람이 생겼다. 도심 속에서 어떻게 마을 단오 잔치가 매년 열릴 수 있는지, 마을의 다양한 공간들은 어떻게 서로 이어져 있는지, 그곳에서 함께하는 사람들은 어떤 사람들인지를 속 깊은 독자들에게 알리고 싶었다. 그렇게 막연했던 바람이 한 권의 책이 되어 지금 내 손에 쥐어지게 된 것이다.

책이 나오자 마을 사람들은 마치 자기의 일처럼 진심으로 기뻐해주었다. 그중에서도 강아지똥 책방에서 진행한 북토크는 오래도록 잊지 못할 소중한 기억이다.

평소에도 나를 잘 챙겨주시던 강아지똥 사장님은 온라인 밴드에 이런 축하의 글을 올렸다.

"오전에 신아영 작가에게 책을 받았습니다. 책을 낸다고 인터뷰를 하고, 그 뒤 보완 인터뷰를 하고, 사진을 찍을 때까지도 몰랐는데 책으로 완성된 실물을 보니 작가의 오랜 노고가 느껴집니다. 늘 '예비 작가'로만 소개했던 신아영 선생이 드디어 '작가'로서 데뷔한 첫 책이라 감회가 깊습니다. 우리 마을의 경사가 아닐 수 없고, 강아지똥 책방과의 오랜 인연 중에 새로운 작가가 탄생하여 더욱 기쁘기도 합니다. 조만간 책방에서 작가를 모시고 출간 기념 잔치를 가질 계획입니다. 많은 관심을 가져주시면 좋겠습니다."

사장님이 내 책 출간을 축하하며 쓰신 '마을의 경사'나 '출간 기념 잔치'라는 말이 참 정겹고 따뜻했다. 그 글 아래로 사람들의 축하 댓글들이 이어졌다. 책을 쓰면서도 느꼈지만, 다시금 내가 참 좋은 마을에서 좋은 사람들과 살고 있다는 것을 깨달았다. 내가 뭐라고, 이분들에게 이처럼 뜨거운 환대와 축하를 받는 것일까. 민망하면서도 벅차고, 또 감사했다.

동네의 청년이 어엿한 작가가 되었다며 잔치를 열어주는 마을이 바로 내가 사는 이곳이었다. 북토크가 진행된 날은 인터뷰에 참여해주신 분들과 동네 이웃들로 오전부터 책방이 북적거렸다. 늘 객석에 앉아 있었던 내가 이렇게 사람들 앞에서 나의 책 이야기를 하게 될 줄은 몰랐는데. 같이 일했던 마을 도서관 사서 앨리스는 내 책 표지 이미지를 활용해서 현수막 시안을 만들어주었고, 책방 사장님은 현수막 제작부터 출간 기념 떡, 축하 꽃까지 살뜰히 준비해주셨다. 행사에 참여한 마을 사람들도 진심이 담긴 축하와 응원을 보내주었다.

사람들의 소감 한 마디 한 마디도 잊히지 않는다. 열두 명의 이야기가 나오지만, 책을 덮은 후에는 저자를 포함해 열세 명의 사람을 만난 기분이었다는 다정한 말도 고마웠고, 구석구석 꼼꼼하게 읽고 질문해주는 섬세함도 고마웠다. 잘 안다고 생각했던 사람과 장소에 대해 새롭게 알게 된 것이 많았다는 이야기는 특히 반가웠다. 내가 책을 통해 전하고 싶었던 것이 바로 그것이었기 때문이다. 이 책이 우리 마을을 너무 낭만적이고 살기 좋은 곳으로 여겨지게 하는 것은 아니냐는 날카로운 물음은 그 자리를 더 깊이 있는 토론으로 이끄는 귀한 질문이었다. 축하와 격려뿐 아니라 그런 심오한 이야기도 함께 나눌 수 있어서 더 뜻깊은 자리였다. 한 권의 책이 이렇게 사람들을 불러 모으고, 서로를 이어지게 하고, 또 이렇게 풍성한 이야기를 만들어낸다는 것을 생생히 실감했던 시간이다.

그날 행사가 끝나고 사장님은 책방 밴드에 이런 후기 글을 남기셨다.

"축하와 소감, 북토크, 낭독, 퀴즈, 사인회 등으로 이어진 두 시간이 정말 마을 사람들의 흥성스러운 잔치였습니다. 기쁜 마음, 즐거운 마음, 뿌듯한 마음, 뭉클한 마음, 고마운 마음들이 이어져 웃음과 말의 난장이 되었습니다."

그 마음들 하나하나가 내 안에 씨앗처럼 퍼졌다.

아마 나는 마을 사람들이 모여 내 첫 출발을 응원해준 그 시간을 평생 잊지 못할 것이다. 그리고 그것은 내가 글을 쓰는 사람으로서 살아가는 동안 가장 큰 자부심이자 채찍이 될 것이다.

하늘 아래 한 점 부끄러움 없이

임길택이라는 이름 석 자가 내 안에 들어온 날이 있다. 강원도 산골 마을에서 초등학교 아이들을 가르쳤고 동화와 시를 썼으며 폐병으로 이른 나이에 먼 길을 떠난 사람. 어느 날 〈동시마중〉이라는 동시 잡지를 읽다가 '이바구 코너'에서 그의 이름을 만났다.

> 그때 길택이를 유심히 봤어. 아, 근데 이놈은 사기꾼이
> 아니다, 이런 생각을 했지. 이놈은 정말 진지하고,
> 진정성이 있고, 정말 진국이었어요. 이놈은 거짓말을
> 안 하고 살겠구나. 뭔 일이 있어도 절대 자기 일 외에

한자리 차고앉을 놈이 아니었어. 배웠는데도 선한 사람을
나는 그때 처음 보았어. 이놈은 정말 선생이고 동시를 쓸
놈이다, 이런 생각을 했죠.

이 부분을 읽는데 이상하게 가슴이 뛰었다. 숨겨진 보물 같
은 사람을 알게 된 기분이었다.
이어서 김용택 시인은 말했다.

사실은 임길택이 같은 시인이 이제 나올 수도 없어.
왜냐하면 이제 임길택이 시대는 없는 거지. 그런
정서가 사라진 거지. 이제 임길택의 동시 속에 나오는
아이들처럼, 그렇게 사는 놈도 없어. 임길택의 시는
우리 동시에서 영원한 고전으로 남겠지. 가장 훌륭한
시인이라고 봐.

'이 사람은 거짓말을 안 하고 살겠구나' 하는 말과 '이제는 나
올 수 없는 시인'이라는 그 말이 내 안에 계속 맴돌았다.
어느 날은 동시집을 읽다가 이런 시를 만났다. 남호섭 시인
이 쓴 시 〈임길택〉이다.

우는 아이들
눈물 닦아 주듯
손톱 깎아 주며
그들과 동무하던 사람

짐승이나 나무 들이
우는 까닭도
알고 싶어 했던 사람

울음 많은 세상
우는 것들의
숨겨진 이야기를
쓰고 싶어 했던 사람

저세상에 가서도
우는 것들을 못 잊을 사람

나는 임길택이라는 사람이 더 궁금해졌다. 살펴보니 우리 집 책장에는 이미 그의 책 몇 권이 있었다. 동화집과 동시집, 그리고 그가 가르친 아이들의 시를 모은 책까지. 그럼에도 그를 제대로 만난 적은 없는 듯했다. 그길로 책장의 책들을 다시 들춰 보았고, 도서관에서 임길택의 시와 동화를 더 찾아 읽었다. 꾸밈 없이 정갈하고 담담한데 여운이 깊었다. 그가 쓴 여러 시들 중 에서도 〈외할머니〉 시리즈나 〈싸움〉 〈거짓말〉 같은 시는 혼자 보기 아까워서 주변 사람들에게도 읽어주곤 했다.

그의 흔적을 따라가다 만난 또 하나의 책이 산문집 《나는 우 는 것들을 사랑합니다》이다. '임길택 선생님이 남긴 산문과 교 단 일기'라는 부제가 붙은 이 책을 펼치면 그의 사진 한 장과 작 가의 말이 먼저 나온다.

나는 누가 울 때, 왜 우는지 궁금합니다. 아이가 울 땐
더욱 그렇습니다. 아이를 울게 하는 것처럼 나쁜 일이
이 세상엔 없을 거라 여깁니다. 짐승이나 나무, 풀 같은
것들이 우는 까닭도 알고 싶은데, 만일 그 날이 나에게
온다면, 나는 부끄러움도 잊고 덩실덩실 춤을
출 것입니다. 나는 우는 것들을 사랑합니다. 그리고 아직
시가 무엇인지 잘 모르지만, 그 우는 것들의 동무가 되어
그들의 숨겨진 이야기를 쓰고 싶습니다.

우는 것들을 사랑하는 사람이라니. 그런 사람이 바라본 세상

이, 아이들과의 생활이, 그 둘레의 이야기가 궁금했다. 어쩌면 읽지 않아도 어렴풋이 알 것 같다는 생각이 들었다.

책에 실린 첫 번째 글은 교사 생활을 시작한 지 얼마 되지 않은 초임 시절, 그가 만난 아이들 이야기였다. 그런데 무언가 좀 이상했다. 글을 읽은 지 얼마 되지 않아, 정말 내가 아는 그 임길택이 맞나 싶었다. 글의 시작부터 그가 가감 없이 고백하는, 아니 고발하는 자기의 과거 행적 때문이었다. 시인의 말에 따르면, 그는 한때 아이들에게 함부로 말하고 매섭게 매질도 하는 선생이었다고 한다. 아이들의 이런저런 잘못을 들추어내면서 꾸중도 많이 했고, 아이들은 매를 맞으며 자라야 한다는 엉뚱한 논리를 펴기도 했다. 아이들을 이겨야 할 상대로 생각했고, 아이들 앞에서 자기 마음을 불쑥불쑥 얘기하는 버릇을 버리지 못해 아이 마음을 다치게 한 적도 여러 번이었다. 아이들과 눈 맞출 줄 알고, 아이 마음 읽을 줄 아는 순박하고 정 많은 선생의 모습을 예상했던 나는 조금 당황했다. 그래도 뭐…… 세상에 완벽한 사람이 어디 있겠나. 조금 의외라는 생각은 들었지만 한편으로는 그에게도 이런 시절이 있었다는 게 조금 재미있기도, 어쩐지 다행스럽기도 했다. 많은 이들이 저지르는 잘못을 그라고 비껴가진 않았구나.

하지만 이런 대목은 좀 충격이었다. 자기 반 학생 고혜숙이 쓴 일기를 글에 그대로 옮겨 써둔 것인데, 그 제목이 '뺨맞기'다.

(……) 그리고 아무 말 없이 앉아 있다가 책을 집으려
하는데, 선생님이 이야기를 하고 있던 창숙이와 명희에게
책을 던지고는 우리에게 왔다.
나는 뺨을 세게 맞았다. 명희는 볼을 꼬집히고, 창숙이는
밀어서 넘어졌다. 너무나 억울했다. (……) 정말 너무했다.
나는 억울해서 눈물을 흘리면서 울었다. 오늘은 선생님이
죽도록 미웠다. 먼 훗날 선생님이 죽으면 묘 앞에 가서,
"이 세상에 나쁘고 지독한 벌레들아, 임길택 선생님 송장
뜯어 먹어라" 하고 싶다.

지금과 다른 시대라지만, 지금으로서는 상상할 수 없는 체벌
의 현장을 보니 놀라지 않을 수 없었다. 그는 마치 자기를 변호
할 마음이라고는 하나 없는 사람처럼, 아이들을 힘으로 눌리고,
윽박지르고, 아무렇지 않게 상처도 주었던 자기 모습을 숨김없
이 보여주었다. 자기 입으로, 그리고 아이의 입으로.
　그가 아이들에게 내린 체벌도 놀라웠지만 그보다 놀라운 건
자기의 부끄러운 행실을 이토록 정직하게 드러냈다는 점이었
다. 그는 잘못을 저지르지 않는 사람은 못 되었어도, 자기 잘못

앞에 정직한 사람이었다. 그 뒤로 이어지는 글에서는 내가 꼭 예상했던 것과 꼭 닮은 정답고 푸근한 산골 마을 선생의 하루와 그곳 아이들이 쓴 진솔한 이야기가 펼쳐졌지만, 나의 기억에 강렬하게 남은 건 그가 담담하게 들려주는 자신의 지난 과오였다.

그간 나는 훌륭한 사람이란 어느 정도는 타고나는 것이라 믿어왔다. 고결한 인품을 가진 사람들은 남들이 다 하는 실수를 안 하거나 덜 할 것이라 막연히 생각해왔다. 존경할 만한 사람은 으레 그런 사람일 것이라 여겼다. 하지만 그건 내 착각이었는지도 모르겠다는 자각이 들었다. 나를 당혹스럽게 만든, 내 예상을 비껴간 그 이야기들에서 나는 도리어 그가 참된 선생이라고 느꼈다. 자기 허물을 인정하고 겉으로 내보일 줄 아는 저 태도를 배울 수 있다면, 부족하나마 인간답게 살 수 있겠구나. 임길택에게서 그걸 배웠다.

우리 동네의 사립공공도서관인 맨발동무에서 일할 때, 동료 활동가들과 함께 순천의 사랑어린학교에 방문한 적이 있다. 도서관에서는 매달 이루어지는 그곳에서의 공부 모임이 중요한 일정 중 하나였다. 그날은 내가 일을 시작하고 처음 공부 모임에 참여한 날이었는데, 어쩌다가 그곳 대안학교 아이들의 수업을 참관하게 되었다. 열 명이 채 안 되는 학생들이 옹기종기 앉은 교실 뒤에 서너 명의 활동가들이 합류했다. 이현주 목사님의 수업 시간이었다. 학교에서 키우는 닭들이 꼭꼭 울어대고, 새들이 지저귀는 소리가 창문 밖에서 들려오던 화창한 여름날 교실 풍경이 지금까지도 선하게 떠오른다. 교실에 들어온 목사님은 윤동주의 〈서시〉 중 한 시구로 말문을 열었다.

"'죽는 날까지 하늘을 우러러 한 점 부끄럼이 없기를' 바라는 그 마음은 무엇일까?"

질문이 끝나고 교실은 잠시 조용해졌다. 어려울 것 없는 저 말의 의미를 묻는 데엔 어떤 뜻이 숨겨져 있는 걸까. 하늘 아래 부끄러운 짓 하지 않고 정직하게 살아가고자 하는 시인의 결의 말고 내가 모르는 또 다른 의미가 있나 궁금했다. 몇몇 아이들이 자기 생각을 이야기하고, 뒤이어 목사님이 말씀하셨다. 그건 부끄러운 짓을 하지 않고 사는 것이 아니라 자기 잘못을 감추지 않는 태도를 말한다고. 나는 노트에 목사님의 말을 받아 적었다. 휘갈겨 써놓은 글자들은 이런 이야기를 하고 있었다.

"우리의 가슴이 클수록 우리의 등도 크다. 우리가 자랑하려는 것이 클수록 우리의 허물도 딱 그만큼 크다. 자신의 멋있는 모습만 세상에 보이겠다는 마음이 아니라, 자신의 부끄러움도 세상에 내보일 줄 알아야 한다. 그런 태도로 살아야 한다. 부끄러운 짓을 아예 하지 않고 살 수 있다면 좋겠지만, 인간으로 태어난 이상 그렇게 청렴하게 사는 일이 쉽지만은 않다. 우리는 인간이기에 무수히 많은 실수와 잘못을 한다. 그러니 부끄러운 짓을 하지 않겠다는 다짐보다 설령 부끄러운 짓을 했다 해도 그런 나를 감추지 않겠다고 생각하는 사람이 되어야 한다. 자신의 잘못을 세상을 향해 말하는 사람이 바로 '한 점 부끄러움이 없는 사람'이다. 하늘 앞에서는 어떤 것도 감출 수 없다."

그 말을 듣던 시간이 마치 정지된 화면처럼 생생히 남아 있다. 순천에서 돌아온 뒤에도 그날의 이야기가 종종 생각났다. 자신의 잘못을 세상을 향해 말하는 사람, 그렇게 하늘 아래 한 점 부끄러움이 없는 사람. 나는 그런 사람이 될 수 있을까. 아니, 그렇게 되고자 하는 사람일까. 부끄러운 짓을 저지르지 않는 것과 나의 과오를 세상을 향해 말하는 것 중 어떤 것이 더 어려울까. 여러 질문들이 내 안에서 뒤엉켰다. 한 가지 확실한 것은 저 말이 나에게 앞으로 살아갈 방향 하나를 알려주었다는 점이다. 살면서 길을 잃을 때마다 저 말 앞으로 돌아가면 많은 것들이 단순해질 것 같았다.

임길택의 글을 읽으면서 불현듯 순천에서의 시간이 떠올랐고, 머리를 한 방 맞은 것 같던 그 교실 안 풍경이 되살아났다. 그가 바로 하늘 아래 한 점 부끄럼 없이 사는 사람 같아서다. 내가 보기에 임길택은 솔직하기보다는 정직한 사람이었다. 정직했기에 이전과 다른 존재로 변신할 수 있었다. 자신의 지난 잘

못이 너무 부끄러워서 오래 괴로워해본 사람이라면 알 것이다. 달라진다는 것이 어떤 각오와 무릅씀을 넘어 이루어지는 일인지를.

좋은 사람이라는 게 실재하는지, 무엇이 좋은 사람인지는 여전히 모르겠다. 다만 이런 노력은 멈추지 않고 싶다. 남들은 모르더라도 나만은 알고 있는 부끄러운 기억을 부적처럼 안고 사는 사람. 달라져보려고 애쓰고, 그러다 더러는 스스로에게 실망하면서도 다시 시작하기를 주저하지 않는 사람. 가슴이 크면 등도 크다는 것을 아는 사람. 이런 사람을 마음에 품고, 늘 떠올리면서, 그 모습을 천천히 닮아가고자 하는 것이다.

· 권정생 지음,《한티재 하늘》, 지식산업사, 1998.

· 권정생 지음, 이철수 그림,《몽실 언니》, 창비, 2012.

· 다니엘 페나크 지음, 이정임 옮김,《소설처럼》, 문학과지성사, 2018.

· 루리 지음,《긴긴밤》, 문학동네, 2021.

· 루이제 린저 지음, 곽복록 옮김,《고독한 당신을 위하여》, 범우사, 2008.

· 루이제 린저 지음, 박찬일 옮김,《삶의 한가운데》, 민음사, 1999.

· 리처드 바크 지음, 공경희 옮김,《갈매기의 꿈》, 현문미디어, 2015.

· 마스다 미리 지음, 권남희 옮김,《어느 날 문득 어른이 되었습니다》,
  이봄, 2014.

· 마스다 미리 지음, 박정임 옮김,《어른 초등학생》, 이봄, 2016.

· 마울라나 젤랄렛딘 루미 지음, 이현주 옮김,《루미詩抄》, 늘봄, 2014.

· 메리 앤 섀퍼·애니 배로스 지음, 신선해 옮김,
  《건지 감자껍질파이 북클럽》, 이덴슬리벨, 2010.

· 법륜 지음,《법륜 스님의 금강경 강의》, 정토출판, 2012.

- 벨라 발라즈 지음, 김지안 그림, 햇살과나무꾼 옮김, 《페르코의 마법 물감》, 사계절, 2011.
- 사노 요코 지음, 고향옥 옮김, 《좀 별난 친구》, 비룡소, 2013.
- 사노 요코 지음, 엄혜숙 옮김, 《하지만 하지만 할머니》, 상상스쿨, 2017.
- 사노 요코 지음, 이영미 옮김, 《산타클로스는 할머니》, 어린이나무생각, 2021.
- 사노 요코 지음, 이지수 옮김, 《죽는 게 뭐라고》, 마음산책, 2015.
- 사노 요코 지음, 임은정 옮김, 《세상에 태어난 아이》, 프로메테우스, 2004. (《태어난 아이》, 거북이북스, 2016.)
- 사노 요코 지음, 황진희 옮김, 《하늘을 나는 사자》, 천개의바람, 2018.
- 신아영 지음, 《대천마을을 공부하다》, 호밀밭, 2022.
- 신현이 지음, 김정은 그림, 《아름다운 것은 자꾸 생각나》, 문학동네, 2018.
- 아스트리드 린드그렌 지음, 요한 에예르크란스 그림, 김경희 옮김, 《미오, 우리 미오》, 창비, 2022.
- 아스트리드 린드그렌 지음, 일론 비클란드 그림, 김경희 옮김, 《사자왕 형제의 모험》, 창비, 2015.
- 아스트리드 린드그렌 지음, 일론 비클란드 그림, 홍재웅 옮김, 《그리운 순난앵》, 열린어린이, 2010.
- 아스트리드 린드그렌 지음, 호르스트 렘케 그림, 문성원 옮김, 《라스무스와 방랑자》, 시공주니어, 2020.
- 안건모 지음, 《거꾸로 가는 시내버스》, 보리, 2006.
- 알랭 드 보통 지음, 정영목 옮김, 《불안》, 은행나무, 2011.
- 알랭 드 보통 지음, 정영목 옮김, 《여행의 기술》, 청미래, 2011.

- 앙드레 슈발츠 바르트 지음, 안정효 옮김, 《고독이라는 이름의 여인》, 밝은책, 1991.
- 엘윈 브룩스 화이트 지음, 가스 윌리엄즈 그림, 김화곤 옮김, 《샬롯의 거미줄》, 시공주니어, 2018.
- 옌스 안데르센 지음, 김경희 옮김, 《우리가 이토록 작고 외롭지 않다면》, 창비, 2020.
- 요네하라 마리 지음, 박연정 옮김, 《러시아 통신》, 마음산책, 2011.
- 요네하라 마리 지음, 이현진 옮김, 《프라하의 소녀시대》, 마음산책, 2017.
- 요네하라 마리 지음, 한승동 옮김, 《속담 인류학》, 마음산책, 2017.
- 요네하라 마리 지음, 김옥희 옮김, 《언어 감각 기르기》, 마음산책, 2013.
- 요네하라 마리 지음, 노재명 옮김, 《팬티 인문학》, 마음산책, 2010.
- 요조 지음, 《눈이 아닌 것으로도 읽은 기분》, 난다, 2017.
- 윌리엄 스타이그 지음, 김영진 옮김, 《아벨의 섬》, 비룡소, 2020.
- 윌리엄 스타이그 지음, 김영진 옮김, 《진짜 도둑》, 비룡소, 2020.
- 유은실 지음, 변영미 그림, 《멀쩡한 이유정》, 푸른숲주니어, 2008.
- 유은실 지음, 장경혜 그림, 《우리 동네 미자 씨》, 낮은산, 2010.
- 이도우 지음, 《사서함 110호의 우편물》, 수박설탕, 2022.
- 이수지 지음, 《나의 명원 화실》, 비룡소, 2008.
- 이시무레 미치코 지음, 김경인 옮김, 《슬픈 미나마타》, 달팽이, 2007.
- 이시무레 미치코 지음, 서은혜 옮김, 《신들의 마을》, 녹색평론사, 2015.
- 이오덕·권정생 지음, 《선생님, 요즈음 어떠하십니까》, 양철북, 2015.
- 이은희 지음, 《이야기들이 사는 집》, 미래포럼, 2016.
- 임길택 지음, 《나는 우는 것들을 사랑합니다》, 보리, 2004.

- 키키 키린 지음, 현선 옮김, 《키키 키린》, 항해, 2019.
- 탁동철 지음, 《애들아 모여라 동시가 왔다》, 상상의힘, 2011.
- 파스칼 키냐르·샹탈 라페르데메종 지음, 류재화 옮김,
  《파스칼 키냐르의 말》, 마음산책, 2018.
- 헬렌 한프 지음, 이민아 옮김, 《채링크로스 84번지》, 궁리, 2017.
- 황선미 지음, 김환영 그림, 《마당을 나온 암탉》, 사계절, 2002.
- 황정은 지음, 《야만적인 앨리스씨》, 문학동네, 2013.
- C. S. 루이스 지음, 홍종락 옮김, 《이야기에 관하여》, 홍성사, 2020.